Leberblümchenzeit

von Brigitte Gaden

6750 Kaiserslautern 1991
2. Auflage 1992

ISBN 3-88717-164-0

Wenn Du mich glücklich machst, liebe Tochter, indem Du mir erzählst wie schön Deine Jugend gewesen sei, drängt es mich, Dir und Deinem Bruder von der meinen zu berichten, die mich für mein ganzes Leben geprägt hat.

Meine Adresse war:
Brigitte Thimm, „Rittergut Lonschken",
Kreis Gerdauen, Ostpreußen.

Es gab weit größere Güter als Lonschken mit seinen zweitausend preußischen Morgen, sicher viel wohlhabendere Besitzer, landschaftlich noch schöner gelegene Orte.

Für mich war Lonschken einfach alles! Inbegriff der Geborgenheit blieb es bis zum Kriegsende, und danach in den wirren Jahren war alles leichter, wenn man mit der Familie von „früher" reden konnte.

Meinen Eltern verdanke ich sehr viel, weil sie uns Kindern durch die Art ihres Zusammenlebens irgendwie eine Richtschnur fürs Leben gaben. Wir haben nie einen Streit zwischen ihnen wahrgenommen, und in der Erziehung stimmten sie wohl voll überein. Dreimal nur erlebte ich meinen Vater böse, – das erstemal, als ich mich weigerte, meine Mohrrüben aufzuessen. Vor versammelter Mannschaft, einschließlich Hauslehrerin, Inspektor und Dienstmädchen kriegte ich von ihm drei Hiebe mit der allgegenwärtigen Reitpeitsche. Die Blamage und gleichzeitige Abschreckung meiner älteren Schwestern war so groß, daß wir später in Insterburg selbst mieseste Pensionsessen ohne Murren vertilgten.

Das zweitemal war mein Vater völlig außer sich und zerbrach einem Gespannführer dessen Peitsche, weil er damit seine Pferde geschlagen hatte. – Ja, und als eines sonntags ein atemlos verschrecktes Kind melden kam, daß der Emil zur Belustigung des Dorfes seinen Hund aufhängen wolle, hätte mein Vater den Emil fast entlassen, obwohl dessen Eltern schon beim Großvater gearbeitet hatten.

Sonst ist mir mein Vater nur als ruhiger, ausgeglichener Mann in Erinnerung, dessen gelegentliche humorvolle Sprüche gern von uns Kindern übernommen und bis zum heutigen Tage benutzt worden sind.

„Peng (pain = Brot) sagte der Graf, denn er sprach fließend französisch", bat mein Vater uns um den Brotkorb.

„Mit dem Avec müßt Ihr das machen, Kinder", wenn etwas schwierig zu öffnen war.

„Se Kart full under the Tisch", wenn beim Skat eine Karte runterfiel.

Zu unserer hellen Freude entspann sich manchmal folgendes Geplänkel mit meiner Mutter, deren Namen „Hedwig" er oft wandelte in „Heta" und dieses in „Heta-Matz", alias „Meta-Hatz".

Er: „Sag mal, Meta-Hatz, wissen unsere Töchter überhaupt, was für wunderschönes, feuerrotes Haar Du früher hattest?"

Sie: „Also Walter, ich war immer kastanienbraun."

Er: „Kinder, ich sage Euch, sie war rot wie ein Fuchs!"

Sie: „Nie!! Kastanienbraun, mit leichtem Rotschimmer!"

Er: „Ach, Meta-Hatz, wo ist doch die Locke? Kinder, holt die doch bitte mal, dann werden wir sehen . . ."

Wir stürmten los, die Locke holen. Sie lag im Schreibtisch links, drittes Fach von oben, auf Watte und blaubebändert. Im Laufe der Zeit war das Kastanienbraun etwas ausgeblichen, wirkte matt, fahl und ein bißchen rötlich –.

Er: „Na, Kinder, was sagte ich? Eure Mutter hatte solch herrliches brandrotes Haar!"

Sie: „Aber Waltchen . . ."

Als wir Ende der 30er Jahre in den Herbstferien mit den Eltern eine Autofahrt durch Ostpreußen machten, habe ich neben der Erinnerung, daß Wälder, Wiesen, Felder, Seen wie in Gold getaucht waren, den Gedanken, daß unsere Familie sich gut verstanden hat. Um uns Kinder zu erfreuen, entlockte der Vater gelegentlich Muttchen einen Entsetzensschrei, wenn er andeutete, gleich mal ein Rennfahrertempo vorzulegen. Unter unserem Jubel fuhr er also ca. 60 km/h, sogar eine Sekunde „freihändig", kurz in die Hände klatschend. – Ach, und wie staunten wir alle, als am 15. Oktober in Cranz eine Flunderfrau meiner Mutter einen Blumenstrauß überreichte mit den Worten: „Jnädche Frauchen, ick jratulier Sie man scheen zum Hochzeitstag!" Unser Vater tat auch höchst überrascht und hatte das am Abend vorher doch so nett arrangiert.

Als wir anläßlich dieser Herbstfahrt den Galtgarben aufsuchten, der mit 110 Meter laut Heimatkundebuch die höchste Erhebung des Samlandes war, merkte man wie froh Vater war, uns das mal zeigen zu können. Natürlich fragte er wieder schmunzelnd seine Frau, ob nicht jemand Lust hätte, auf der Brüstung des Galtgarbenturmes über den Baumwipfeln zu balancieren. Ich hatte das Gefühl, er war stolz auf mich, die ich mich dazu sofort bereitfand, nachdem ich festgestellt hatte, daß das Gemäuer breit genug war. Der Balancierakt wurde mir dann aber verboten.

In meinen frühesten Erinnerungen tauchen die Sommerfahrten an die Ostsee auf. Im vollgepackten alten Stoewer, selbst die Trittbretter von klappernden Sandeimern belegt, fuhr uns der Chauffeur, der sonst die Funktion des Schmiedes in Lonschken versah, nach Cranz. Mein Vater konnte wegen der Heuernte nicht mit. Man holte uns nach drei Wochen wieder nach Hause. Manchmal besuchten Freunde oder Verwandte aus Berlin uns in Cranz. Wir genossen das enge Zusammensein mit Muttchen, überhaupt alles, Ostsee, Sand, Sonne. Wenn ich irgendwo einen frischgeteerten Seesteg rieche, wittere ich sofort Cranz. So fest ist alles eingeprägt.

Obwohl ich als drittes Mädchen geboren wurde, was auf einem Gut wegen der Erbfolge eine kleine Katastrophe ist, stand ich meinem Vater sehr nahe. Er nahm mich schon früh gern zum Reiten mit. Wenn ich jetzt nach unendlich vielen Jahren an die Morgenritte in den Ferien denke, spüre ich alles wie damals: die gesattelten Pferde werden vorgeführt, Tau liegt überall auf den Gräsern, die Sonne steigt höher, Sattelzeug quietscht ein bißchen, Pferde duften, man schnuppert immerzu, – auf den Feldern Leute mit Kopftüchern und Klotzkorken, und ich lerne ganz früh, daß man als erster „Guten Tag" sagt, wenn man aufs Feld kommt. – Unsere Leute antworten: „Moin, Herr Leutnant", in späteren Jahren nach den Reserveübungen bei der Kavallerie in Angerburg „Moin, Herr Oberleutnant", im Krieg nach dem Frankreichfeldzug „Moin, Herr Rittmeister", und das blieb er, bis im Juni 1943 seine Regimentskameraden ihn in Lonschken vor unserer Kapelle am Wald beerdigten. Da war ich siebzehn, und unvergeßlich bleibt wie am Beerdigungstag, als alle Instleute, Kriegsgefangenen und Tiere arbeitsfrei hatten, die Pferde und Fohlen auf den Weiden neben dem Trauerzug herliefen, als wollten sie ihren Herrn begleiten.

Meine Mutter ist 1888 in Ramutken bei Graudenz geboren. Sie hatte fünf Brüder und eine Schwester, und so zog ihr Vater nach dem Verkauf des Gutes nach Berlin, wo die Kinder bessere Schulbedingungen hatten. Als Jurist und Landwirt war er Generaldirektor der Ostpreußischen Hagelversicherung.

Sicher war es schwer für meine Mutter, mit der Ausbildung einer Berliner „Höheren Tochter", u.a. in Gesang und Klavierspiel, eine ostpreußische Gutsfrau zu werden. Ich glaube, sie schaffte das meisterhaft und sehe sie vor mir als immer fleißige, fröhliche Frau, die es liebte, wenn im Hause bei der Arbeit gesungen wurde. Im 1. Weltkrieg war meine Mutter Krankenschwester gewesen, und oft half sie in Lonschken in den Instfamilien, weil der Weg zum Arzt zu beschwerlich war. Nach Nordenburg waren es 15 km, nach Insterburg 30 km, eine große Reise also, wenn man bedenkt, daß der Doktor per Pferdefuhrwerk geholt werden mußte und ebenso nach hause gebracht wurde.

Ich ging gerne mit, wenn meine Mutter „Ins Dorf" wollte, um nach Alten und Kranken zu sehen, und ich weiß noch, welch vertrautes Verhältnis bestand – neunzehn Familien gehörten zum Gut. Es waren Landarbeiter, Handwerker, Schweizer und Gärtner mit Familien, damals „Instleute" genannt. Der Sammelbegriff aber war „Leute" im Dorf. Man war daran gewöhnt. Es gab Leutehäuser, Leutekinder, Leutegärten, Leutekühe, Leutegänse, die Leutepumpe und was auch immer. Nichts Abwertendes war in diesen Ausdrücken wie man heute vielleicht denken mag.

Der nächste Ort, Abelischken, war eineinhalb Kilometer entfernt und hatte eine Meierei, eine Post und eine Schule. Die ostpreußischen Wege waren entsetzlich schlecht, im Herbst während der Rübenernte matschig und grundlos und falls über Nacht Frost kam, konnte durch die tiefen vereisten Rinnen allenfalls der Milchwagen sich zur Molkerei kämpfen. Allabendlich wurde also bei „offenem Wetter" der Abelischker Weg mit einer Schleife geschleppt und geglättet.–

Der Weg der Schulkinder war anstrengend und weit, und weil meine Schwestern und ich vom Doktor als „zu zart" befunden wurden und die Eltern hofften, daß wir später aufs Lyzeum nach Insterburg gehen könnten, bekamen wir eine Hauslehrerin.

Sie löste unsere Kindergärtnerin ab, das allseitig geliebte „Weierchen", mit dem uns heute noch Freundschaft verbindet. Ich kann mich an Weierchen in damaligen Zeiten nur insofern erinnern, daß sie freundlich und lieb war. Es existiert ein Foto, wo sie mit uns Kindern, einer Unmenge von Puppen und einer Katze im Puppenwagen zu sehen ist. Wenn wir das Bild später mal anguckten, sagte Muttchen: „Ja, das war Weierchen!"

Fast sechzig Jahre später habe ich Weierchen wiedergesehen, und als wir von Lonschken sprachen, sagte sie, es hätte sie ganz stark beeindruckt, wie gut sich unsere Eltern verstanden hätten. Sie erinnerte sich dran, daß der Vater immer auf die Mutter wartete, wenn er in die Ställe gehen oder eine Fahrt über die Felder machen wollte. Spaziergänge machten sie untergehakt und mit Wanderstöcken. Muttchens Stock hatte unten einen kleinen Distelstecher, und wenn der Vater auf dem Feld etwas mit den Leuten besprach, wartete sie nun geduldig auf ihn und stach hier und da ein Unkraut oder Distelchen. Er aber ließ ihr Zeit, wenn sie noch etwas mit der Mamsell zu bereden hatte.

Die beiden Lehrerinnen, die wir in den folgenden Jahren hatten, kamen „aus dem Reich" (wie es damals hieß), die eine aus Freudenheim, die andere aus Kassel. Als sie Lonschken nach Jahren verließen, hatten sie vom Leben auf ostpreußischen Gütern ein völlig anderes Bild, als es ihnen bei der Ankunft vorgeschwebt hatte. Weder sagten sich die Wölfe und Füchse „Gute Nacht", noch erfror man oder vereinsamte in der Wildnis!

Ich hatte bei den Damen und beim Zuhören während des Unterrichts der älteren Schwestern so viel Grundwissen gespeichert, daß die jährlich vom Schulrat angeordneten Prüfungen am Lyzeum in Insterburg für mich keinerlei Schwierigkeiten brachten.

Als ich dann zehn Jahre alt war, kamen wir alle drei nach Insterburg in Pension und durften an jedem Wochenende mit dem Bus nach Hause kommen. Dieser Bus fuhr bis Abelischken, dort holte uns der Kutscher ab, viele Jahre lang, pünktlich um 14.30 Uhr. Von Insterburg ging es über Dittlacken, Jänischken, Jodlauken, Szallgirren - Julienfelde - Abelischken, Richtung Nordenburg.

Wegen der Eindeutschung zu Adolf Hitlers Zeiten hießen die Orte dann Ditlak, Jänichen, Schwalbenthal, Kreuzingen, Julienfelde, Ilmenhorst! Lonschken aber behielt seinen Namen, weil ein Vorfahr bei einer früheren Verdeutschungswelle eine Eingabe gemacht hatte.

Wenn wir durch den Julienfelder Wald fuhren, beschleunigte sich der Herzschlag und die Brust wurde eng, denn ausgangs des Waldes sah man links in der Ferne Lonschken liegen, den Park mit den alten hohen Linden, daraus der Turm unseres Hauses ragte. Ich kann das Gefühl nicht beschreiben, das uns bei diesem Blick erfaßte. Freude, Freude, Freude!

Am Montag früh um sechs Uhr bei der Rückfahrt nach Insterburg sah es ganz anders aus: Vor dem Julienfelder Wald ein letzter Blick nach rechts, alles verschleiert von Tränen, und häufig mußte sich einer von uns übergeben, wozu wir eine alte Badekappe mit uns führten. Wir waren jahrelang heimwehkrank von Montag bis Mittwoch, ab Donnerstag herrschte wieder Vorfreude auf zu Hause.

Die Schule selbst beeindruckte uns wenig, aber was gibt ein ostpreußisches Mädchen vom Lande nicht alles auf, wenn es ein Internats- bzw. Pensionskind wird?!

Es war so wunderschön, in Lonschken zu leben. Ich kann mich nicht entsinnen, daß wir uns je gelangweilt hätten. Während meine fünf Jahre ältere Schwester Rosemie oft in Mutters Nähe im Hause blieb, zogen Ursel und ich nach dem Frühstück erstmal in die Ställe, die sich karreeförmig an das Gutshaus anschlossen und zum Mittelpunkt den Kutschstall und das, vom blinden Pferd im Kreise gezogene, Pumpwerk hatten.

Im Kuhstall war es ein bißchen unheimlich, weil man nur auf oftmals feuchtem Brettersteg zwischen den Hinterteilen der beidseitig angebundenen Kühe, die zwar gemütlich mahlend kauten, aber eben auch mit den Schwänzen wedelten – den geliebten Kälberstall erreichen konnte. Mehrere dieser feuchten Durchgänge gab es, aber gewedelt in der Enge wurde überall. Den Eingang rechts außen mieden wir, denn da standen die Bullen. Vor den Bullen wurde gewarnt, solange ich denken kann, und es gab schreckliche Geschichten von angegriffenen und sogar erdrückten Schweizern. In Lonschken wurden also diese Tiere von oben durch eine Luke mit Heu versorgt, und Rüben und Kraftfutter kriegten sie wohl auch irgendwie zugeschoben. Im Sommerhalbjahr, wenn die Herde von ca. siebzig Kühen draußen weidete, blieben die Bullen im Stall. Geradezu ehrfürchtig sahen wir Kinder, wenn der „todesmutige" Schweizer gelegentlich solch mächtiges Tier ritt, nachdem er ihm die Augen mittels Kartoffelsack verbunden und eine Führstange am Nasenring befestigt hatte. Vielleicht konnte der Bulle ja doch einen Schimmer sehen?? Wer eine rote Bluse an hatte, versteckte sich also besser, um ihn nicht zu reizen. Wenn ich heute zurückdenke, sah es fast gemütlich aus wie der Oberschweizer auf dem stattlichen Rücken dahinschaukelte, damit der edle Bulle seinen Herdbuch-Nachwuchsverpflichtungen nachkommen konnte.

Hatten Ursel und ich den Kälberstall aber erreicht, war es herrlich, die jungen Tiere an den Fingern lutschen und saugen zu lassen, und alles roch säuerlich und babymäßig.

Die vom Kuhstall links liegende Feldscheune und die vorgelagerten Strohberge streiften wir nur mit kurzem Blick und gingen an der großen Fachwerkscheune entlang in Richtung Pferdeställe. An Regentagen oder wenn Vetter Harald zu Besuch war, lockte die Scheune. Man konnte von den Balken unterm Dach, durch Leitern erreichbar, wunderbar ins Heu im Fach herunterspringen. Es kitzelte im Bauch, war aber auch nicht ungefährlich, zumal wir uns zum Üben eines Saltos verstiegen. Von den Eltern wurde es gar nicht gerne gesehen, weil in Vaters Jugend mal jemand auf eine, im Heu vergessene, Forke gesprungen war und sich verletzt hatte.

Neben der Scheune gab es den Ententeich. Im Sommer wurden dort die Jungenten von einem Mädchen gehütet, gegen Greifvögel, Marder, Wiesel, Iltis geschützt. Dieses Mädchen war ein Anziehungspunkt für uns. Gemeinsam spielten wir im Modder, daß unsere Mutter abends Glyzerin auf verdreckte, aufgeplatzte Hände schmieren mußte. Es brannte schrecklich.

Auf der Scheune brütete in jedem Jahr ein Storch, wenn er sich im April das Nest unter seinen Verwandten vom Vorjahr und unzähligen Artgenossen hatte erkämpfen können. Im Frühjahr wanderten die Frösche zur Ilme hin. Man konnte dann ein paar Tage lang kaum über den Hof gehen, ohne auf einen dieser munteren Hüpfer zu treten. Die Störche hatten ein üppiges Leben, aber als Kinder fanden wir die Froschtage eklig.

Den Rest eines Vormittags blieben wir meist im Pferdestall. Im Sommer waren die Stuten und Fohlen auf der Weide, aber im Herbst und Winter füllten sie die Boxen. Wir kannten jedes Pferd. Die Jahrgänge wurden alphabetisch getauft, und ab Dezember überlegten wir schon Namen für die neuen Fohlchen, die um Weihnachten herum geboren wurden. Als einmal eine Stute Zwillinge fohlte und der Name mit „P" anfangen mußte, witzelte mein Vater: „Wir sollten sie PG und PG-in nennen" (Abk. für Parteigenosse und Parteigenossin). Zu Hitlers Zeiten aber wäre der Scherz übel vermerkt worden, und so wurden die Pferdchen „Pat und Patachon" genannt. Pat war kaum größer als unser Hofhund, der am Kuhstall seine Hütte hatte und nachts mit dem Nachtwächter die Runde machte. „Lux" war ein Wolfshund, der spätere „Prinz" eine Art Schäferhund, und heute denke ich, daß die Tiere ein trauriges Dasein hatten. Früher aber waren solche Hofhunde eine Selbstverständlichkeit, daß man gar nicht darüber nachdachte.

Ansonsten gab es in Lonschken zu allen Zeiten mehrere Dackel und Jagdhunde. Einmal kriegte ich einen irischen Terrier geschenkt. Er hieß „Kerlchen vom Ostpreußenstolz" und war so edel, daß in seiner Aufzuchtanleitung stand, man solle ihm nach jeder Mahlzeit die Schnauze gut abwischen. Wir gingen ihm „nicht so um den Bart", liebten ihn dennoch sehr.

Wenn mal ein Hund starb – an Altersschwäche, Unfall, Erschießen beim Wildern oder Ersticken in Fuchs- oder Dachsbau – wurde er im Park begraben, im „Hundebegräbnis", das wir pflegten. „Park" oder „Baumgarten", zum Unterschied zum Gemüsegarten, sagten übrigens nur die Instleute oder Gäste. Für uns waren diese zwölf Morgen Land, umstanden von alten Linden, Buchen und Pappeln einfach „der Garten". Es gab jede Menge Obstbäume, Beerenobst, einen Teich, eine Jasminlaube, in der wegen der Mücken in Teichnähe selbst Liebespaare sich nicht aufhalten konnten, einen Barren, ein Reck und eine große Schaukel, zum Hochknicksen. Wenn die hübsche Cousine aus Insterburg in den Ferien da war, fand sich an eben dieser Schaukel gerne der Inspektor ein und erbot sich, „gnädiges Fräulein" mal anzuschubsen, was diese recht schnippisch ablehnte, bevor sie einmal – zu unserer aller Entzücken – aus eigener Kraft herunterfiel.

In den Sommerferien waren meist Kinder von Vaters Regimentsfreunden da, die sonst in der Stadt lebten. Mit den v.-Setten-Jungen bauten wir in Schaukelnähe ein „Baumhaus". Eigentlich war es nur ein Brett in 5,12 Meter Höhe, aber mit Geheimfach in seitlichem Buchenstamm und sehr bequem zu ersteigen. Wie oft haben wir da gesessen und gelesen!

Der Garten war überhaupt für uns ein Paradies. Es gab da den Eisberg, der im Winter bei starkem Frost angelegt wurde. Erst Erdaushub, dann Häcksel, dann Eisblöcke in großer Anzahl, ausgesägt aus dem Ententeich, kegelförmig aufgeschichtet, einige Eimer Wasser drüber zum Zueisen, wieder Häcksel, Erde und Tannengrün zum Abschluß. Dieses Gesträuch aus Tannengrün liebten die Puten vom benachbarten Geflügelhof. Sie legten sich ihre heimlichen Niststätten auf dem Eisberg an, und wenn im Stall die Puteneier merklich weniger wurden, erging an Ursel und mich die Aufforderung, den Berg zu besteigen und zu durchsuchen. „Aber vorsichtig, Kinder!" Wir waren erfolgreich. Kein Ostereiersuchen konnte spannender sein! – Im Sommer, sonntags oder zu festlichen Anlässen, wurde der Eisberg angestochen und nach Entnahme eines Eimerchens sorgfältig wieder verschlossen und abgedichtet. Auf diese Art hatten wir Eis bis zum Herbst.

Die Puten entfernten sich gerne in Gruppen vom Hühnerhof und wanderten durch den Park. Gegen Abend holte das Geflügelmädchen sie zurück zum Stall. Als sie einmal zu spät aufgebrochen war und es dämmerte schon, waren keine Puten mehr zu finden. Eine große Suchaktion brach an, und wir entdeckten die Tiere schließlich hoch in einem breit ausladenden Laubbaum. Puten sind bei Dämmerung fast blind. Bei unserem Versuch, sie vom Baum herunterzuholen, stiegen einige aus Angst noch höher. Nachdem die meisten geborgen waren, mußten Vater und Inspektor zwei, die sich ganz hoch verstiegen hatten, abschießen. Sie wären sonst nachts von Iltissen oder Mardern getötet und gefressen worden.

Jungputen waren ebenso wie Perlhühner schwer aufzuziehen. In Lonschken hatte die Mamsell ein, ihr von ihren Großeltern bekanntes Stärkungsmittel eingeführt. In den ersten Lebenstagen kriegte jede kleine Pute ein Stückchen Räucherspeck und ein Bröckchen in Rum getauchtes Brot in den Schnabel gedrückt und in den Hals gestrichen. Es gab danach keine Aufzuchtprobleme mehr.

Die alten Zuchtputen halfen beim Ausbrüten der Jungenten. Man konnte ihnen weit mehr Eier unterlegen als den wenigen Zuchtenten. Die Hühnerglucken aber hatten zu der Zeit selbst mit eigenen Küken zu tun. In den letzten Jahren hatten wir Eintagsküken, die von einer Grude gewärmt wurden, unter der 100 und mehr Tierchen Platz fanden. Wir Kinder liebten den Gluckenstall, wo die Brütenden duldsam in Stellmachers Holzkästen saßen und einmal täglich vom Mädchen zum Fressen rausgehoben wurden. Gerne halfen wir dabei, hatten aber großen Respekt vor den Puten, die böse zuhackten, wenn sie sich gestört fühlten. Es mußte auch alles sehr vorsichtig geschehen, damit kein angebrütetes Ei zerdrückt wurde. Das Bruteieraussuchen war eine Wissenschaft für sich. Die Eier wurden „geschwemmt". Man legte sie in eine Schüssel voller Wasser, die befruchteten gingen unter, die unbefruchteten schwammen und waren also nicht zu verwenden. Es wurde aber immer eine bestimmte Anzahl Hähne gehalten, sodaß sich das Schwemmen eigentlich erübrigte. Alle Geflügelküken kriegten anfangs kleingehacktes, hartgekochtes Ei, vermengt mit zartem Blattsalat, in Streifchen geschnitten, die Entchen dazu gequetschte Pellkartoffeln.

Ein Wunschtraum unserer Mutter war, die Töchter später, land- und hauswirtschaftsmäßig gut ausgebildet, in Lonschken um sich zu haben: Rosemarie als Wirtschafterin, Ursel als Gärtnerin, Gitte als Geflügelzüchterin.

Zu dem Zeitpunkt war Ursel aber schon entschlossen, Krankenschwester zu werden, und ich wollte Tiermedizin studieren. Mein Vater neckte mich gerne damit. Ich solle doch lieber Oberschweizer studieren, das sei so ähnlich.

Immer wieder kam es vor, daß Raubtiere den Hühnerhof, der sich weit zum Garten hinzog, heimsuchten und Küken stahlen. Der Gärtner, der auch Jäger war, schoß gelegentlich einen Marder oder Iltis und trocknete die Felle. Die Felle wurden gegerbt und verarbeitet. Meine Mutter trug zu Festlichkeiten gerne ihr Mardercape aus neun Fellen. Viele Schwänzchen baumelten herunter. Schon als Kind mochte ich das edle Stück nicht. Ursel und ich baten auch darum, uns keinen „Würger" zu schenken. Normalerweise kriegte man einen solchen im ersten Winter nach der Konfirmation. Es war ein Iltis, der sich glasaugendblinzelnd kokett in den Schwanz biß und einem den Hals wärmen sollte.

Als unser Vater mal eine Spazierfahrt mit Gästen und uns Kindern machte, sprang eine Iltismutter mit fünf Jungen die Pferde an. – Es wimmelte von Jungtieren, die es ihrer Mutter gleichtaten, an Pferdebeinen hingen und bissen. Mit der Peitsche wehrte Vater die Alte ab, der Kutscher besänftigte die steigenden Pferde. Es war wie ein wilder Spuk, dann jagten die Iltisse davon und versteckten sich.

Einen Marder hatten Ursel und ich in einem alten Lindenbaum entdeckt. Er wohnte dort und war gar nicht mehr so scheu. Wir freuten uns über sein gelbes Hälschen und baten den Gärtner, diesen doch bitte zu verschonen.

Meine Schwester Rosemarie erreichte als Älteste von uns zuerst das „Fuchsalter". Mit achtzehn Jahren, fand man allgemein in Ostpreußen, sei es an der Zeit, einen Fuchspelz zu besitzen. So baumelte ein stattliches Exemplar von Rosemaries Schulter. Fuchsfelle waren reichlich da, weil im Winter die Treibjagden stattfanden.

Mindestens einmal am Tag liefen wir Kinder zum Schweinestall, um Ferkelchen in allen Altersstufen – vom rosigen Neugeworfenen bis zum munteren Läuferschwein – anzugucken. Dem Eber kratzten wir gern mit einem langen Stock auf dem Rücken, und er schubberte sich und grunzte entzückt. Rechts neben dem Stalltor war ein Raum, in dem der Schweinemeister aus Kartoffeln, Kraftfutterzugaben, Inhalt der Dranktonnen (nasse und trockene Abfälle aus der Gutsküche = heute Müll 2000?) Mengen von Futter kochte, wobei er seinen Priem kaute. Wir mochten ihn, und er wurde gern von uns besucht. Der spezifische Duft seiner Umgebung wurde im Krieg, als er zur Wehrmacht mußte, an seinen Nachfolger Iwan, einen Russen, übergeben. Unser Vater warnte uns nun vor Schweinestallbesuchen zu Ostern, da bekannt sei, daß sich die Russen dann küßten.

Iwan troff aber ständig roter Betelsaft vom freudig aufgerissenen Mund in den Bart. Vor jeder Fütterung erhob sich im Schweinestall ein enormes Geschrei, und man mußte „Städter" – wie mein Vater etwas geringschätzig Besuch aus der Stadt bezeichnete – erst darauf hinweisen, um welch ohrenbetäubende Geräusche es sich handelte.

Auf dem Dach des Schweinestalls befand sich ein Glockentürmchen. Es war die Aufgabe des Kämmerers, die Arbeitsanfänge und Mittagspausen einzuläuten. Er tat es in einem – mir von frühester Kindheit vertrauten – Rhythmus. War er mal krank, merkte man es spätestens, wenn der Inspektor für ihn „klingelte". Die Regelmäßigkeit des täglichen Läutens wurde nur einmal in meiner Jugend unterbrochen, als ein Brand auf einem weit entfernten Gut ausgebrochen war. Pferde wurden angespannt und preschten mit der handbetriebenen Feuerspritze und den dazu bestimmten Mannen zu Hilfe. – Jedes Gewitter war auf dem Lande bedrohlich. In Lonschken schlug es gottlob nur in Bäume ein, eine besonders hohe alte Pappel im Garten und auch in die ganz einzeln stehende „Martha-Birke". Während eines Gewitters durften wir weder singen noch Klavierspielen, sollten uns möglichst ruhig und gesittet hinsetzen, abwarten, die Abstände zwischen Blitz und Donner in Sekunden zählen und durch sieben teilen, um die genaue Entfernung festzustellen, nicht Kartenspielen, laut lachen oder sonst

etwas tun, was den Himmel verärgern und das Gewitter steigern könnte. Jedenfalls galten diese „Bestimmungen" allgemein. In Lonschken war man etwas großzügiger. Bis zum heutigen Tag aber „zähle" ich.

Vom Speicher, wo das gedroschene Getreide lag, ist dringend zu erzählen, daß es da die große Dezimalwaage gab. Kam ein Sommergast für längere Zeit, wurde er im Speicher gewogen. Er sollte sich gut erholen, dazu hoffte man, ihm etwas auf die Rippen zu füttern. Es war ein Spaß, den sich keiner entgehen ließ. Ich sehe die bemehlte große Waage vor mir, sonst nur an Getreidesäcke gewöhnt, daneben ein schwerer Kasten voller Gewichte. Vor der Abreise erneutes Wiegen des Gastes. Während der Kämmerer umständlich Kilos auf das pendelnde Gewichtsbrett stellte, dazu oben auf der Schiene die Pfunde verschob, der Besuch interessiert sich vorbeugend zuschaute, pflegte mein Vater mit viel Druck, die Spitze seines Krückstocks hinten auf die Waage zu setzen. Es erhöhte das Gewicht gewaltig. Manch Gast erschreckte sich sehr oder war beglückt ob der Zunahme, bevor sich die Sache aufklärte.

Wir Kinder wurden auch regelmäßig auf dem Speicher gewogen, weil wir recht mickrig waren. Im Winter, so hoffte Muttchen, würden Biomalz oder der weiße Lebertran Scott's Emulsion ein bißchen nachhelfen.

Im Hause mittags wurde der Gong geschlagen, und man eilte ins Eßzimmer, wo schon das erste Stubenmädchen mit Häubchen und Schürze bereitstand, die von Muttchen eingefüllte Suppe zu verteilen. Lonschken war berühmt wegen guten Essens, und da war es nicht verwunderlich, daß meine Eltern sehr rundlich waren. Wohlig seufzend gönnte sich meine Mutter einen zweiten Teller Vorsuppe, bevor das Hauptgericht seviert wurde. Beim Anlernen der Mädchen war folgendes wichtig: „Anbieten von links, Friedchen, Abräumen von rechts!" Wir waren ungefähr zehn Personen zu Tisch, einschließlich Lehrerin, Inspektor und alter Dauergasttanten wie z. B. Tante Dittchen, Vaters ehemalige Lehrerin, und andere, die im Alter in der Stadt leben mußten und eine schlechte finanzielle Versorgung hatten.

Nach dem Essen gab es für die Erwachsenen einen Mokka, den der Vater im interessanten Heinckel-Maschinchen selber braute. Dann rief den Inspektor die Klingel wieder raus, die Tanten zogen sich zurück zur Ruhe, Muttchen legte eine Patience, Vater begab sich – Dackel im Arm – kurzfristig auf die Chaiselongue im Herrenzimmer, wir Kinder machten kurz Schularbeiten, und es zog uns wieder hinaus auf den Hof.

So war dies, so lange wir noch nicht nach Insterburg in die Pension mußten, ein sich täglich wiederholender Tagesablauf. Zu Schulzeiten hatten wir an den Vormittagen bis zum Essen Unterricht, und wir verlegten die Besuche in den Ställen auf nachmittags. In den Ferien aber lungerten wir den ganzen Tag herum, mal in der Schmiede, mal beim Stellmacher, im Kutschstall, im Wagenschauer und überall in Hof und Garten.

Wenn die Pferde beschlagen wurden, war es spannend, zuzusehen wie das Eisen erhitzt und die rotglühenden Hufeisen auf dem Amboß passend geschmiedet wurden, wie es zischte, wenn sie im Wasser abgekühlt wurden. Manchmal durften wir den Blasebalg ziehen, nur so, um das Fauchen zu hören. Immer hatte ich ein bißchen Angst, es könne dem Pferd wehtun, wenn schließlich die Hufeisen angehämmert wurden.

Eine Sensation für uns war, wenn Tante Bele einen Baumkuchen – nach sündhaft teurem Rezept – in der Schmiede backte.

Der Blasebalg verhalf zu offenem Feuer, Rußteile flogen umher, die Eier-Buttermasse kleckerte schwer und gottlob sehr langsam vom sich drehenden Spieß. Es schien unmöglich, doch Tante Bele schaffte es – ein riesiger Baumkuchen entstand, vermutlich bedeckte der Schokoladenguß etwaige Rußpartikelchen. Man aß den Kuchen bei größeren Festen voller Andacht. Ich konnte ihm nie viel abgewinnen und fand ihn etwas trocken.

Im Krieg vertrat ein polnischer Gefangener unseren Schmied. Er erfreute sich schnell großer Beliebtheit, weil er aus Messing- und Zahnbürstenstielstückchen „Siegelringe" für die Lonschker und Abelischker Mädchen herstellte. Er fand reißenden Absatz, selbst bis Abelienen. Sollte er in Polen Goldschmied gewesen sein? Er beschlug auch Pferde tadellos. – Meine Mutter brachte er ungewollt in Schwierigkeiten. Sie hatte ihn als derzeitigen Schmied zur Weihnachtsbescherung für die Handwerker eingeladen. Jemand hatte sie denunziert als zu „polenfreundlich".

In der Stellmacherei saßen wir auf einer Hobelbank und sahen zu wie der Meister Speichen für Wagenräder anfertigte, Geflügelkutzen zimmerte und Holzreparaturen ausführte. Manchmal durften wir den handgetriebenen Schleifstein drehen oder dort Wasser nachfüllen. Der Meister unterhielt sich gern mit uns und hatte selber auch mehrere Kinder. Einmal aber waren wir wohl ungezogen, denn er schmiß uns aus der Stellmacherei und rannte uns noch ein Stück weit nach. „Alt und grau könnt Ihr werden, aber nicht frech !" Wir jagten in schrecklichen Nöten vor ihm her bis zum Garten, versteckten uns am Eisberg und hofften, daß er unserem Vater nichts davon erzählen würde. Er hat es nicht getan, aber unser schlechtes Gewissen ließ uns den Stellmacher längere Zeit meiden.

Gleich neben der Stellmacherei war der Wagenschauer. Er gehörte zum Reich des Kutschers. Je nach Anforderung und Wunsch spannte er die Kutschpferde an, nachdem er den entsprechenden Wagen aus der Remise rangiert hatte. Dazu legte er sich selbst in die Deichseln und machte es sehr geschickt. Man hatte die Wahl zwischen dem „schwarzen" Wagen, dem „gelben", der Gig, der Spinne, dem Dogcart und dem Landauer, genannt die „Donnerkutsche". Der „Gelbe" wurde zu den seltenen größeren Sonntagsausflugsfahrten nach Warnascheln benutzt, nach langen Überlegungen, weil er für die Kutschpferde auf dem Sandweg bei Adamsheide vom Vater als zu schwer befunden wurde. Andererseits war dieser Wagen besonders bequem und bot einschließlich Kutschbock bis zu acht Personen und Dackeln Platz.

Am häufigsten wurde der „Schwarze" herausgeholt, um von den Bahnstationen, Nordenburg oder Bokellen, Besuch nach Lonschken zu bringen.

Vom Schulbus aber wurden wir mit dem Einspänner abgeholt, meistens mit dem Dogcart, weil er einen dos-à-dos-Sitz hatte. Man saß zu Viert, Rücken an Rücken ! In der Regel rückten wir nach vorn zum Kutscher, was eng, aber gemütlich war und den Vorteil hatte, daß wir abwechselnd kutschieren durften.

Wenn um halb Vier die Kaffeerunde beendet war, machte der Vater eine Rundfahrt über die Felder, nahm meistens Muttchen mit und zwar in der Spinne. Dies war ein Einspänner, sehr leicht und mit der Möglichkleit, auf der Stelle zu wenden, was im Gelände praktisch war. Gedacht war die Spinne für zwei Personen, aber es gab einen Hilfssitz für die dritte Person, leicht aufklappbar und hart, aber von uns geliebt. Einmal, als Vater über eine Wiese trabte, klinkte dieser Sitz einschließlich meiner Schwester Ursel aus. Die Eltern bemerkten es erst, als sie aus dem Heu rief, man möge sie nicht vergessen.

Die Gig wurde eigentlich nur vom Inspektor benutzt, es war ein zweirädriger Einspänner. Auch die Donnerkutsche hatte viel Ruhe im Wagenschauer. Wir stiegen als Kinder gerne ein und ließen die, an breiten Zugbändern befestigten, Fensterscheiben herunter. Es war ein Fensteröffnungssystem wie in der Eisenbahn. Für mich war es hochinteressant und völlig neu, denn ich bin mit siebzehn Jahren zum erstenmal mit einem Zug gefahren. In den dreißiger Jahren hatten wir in Lonschken schon ein Auto, und nur wenn die Wege mal wieder absolut grundlos waren und es zusätzlich goß, wurde der Landauer genommen. Es kam auch vor, daß zwei Pferde vor das Auto gespannt wurden und es bis Abelischken zur Chaussee schleppten, von wo man dann mit Motorkraft weiterkonnte. Uns war diese Art der Beförderung zur befestigten Straße vertraut. Die Gäste „aus dem Reich" aber kamen aus dem Staunen nicht heraus. Unsere Kutscher waren sehr vielseitig. Sie verstanden eine Menge von den von ihnen versorgten Pferden, hielten den Wagenpark, Zaum-Sattelzeug und Leinen instand, mußten pünktlich sein und waren auch noch „Chauffeur". Das setzte motorisches und mechanisches Wissen voraus, denn das Auto streikte oft in entscheidenden Momenten. Sicher lag das daran, daß es nur selten benutzt wurde, zu Fahrten in die Kreisstadt oder zum Krankenhaus nach Insterburg. Im Herbst fuhren meine Eltern damit nach Rominten, wenn die Hirsche röhrten. Ja, und zu Rosemaries Geburtstag fand die traditionelle Fahrt nach Jägerhöh statt. Am Abend vorher konnten wir kaum einschlafen, sahen wir doch den Kutscher zur Garage gehen, um das Auto zu kontrollieren, einschließlich der Reifen.

Wie oft war es schon geschehen, daß die Abfahrt verschoben werden mußte, weil der Motor nicht ansprang! Wenn es am 7.7. aber geklappt hatte, lag ein traumhaft schöner Tag vor uns. In Jägerhöh gab es eine Badeanstalt am Schwenzaitsee! Daß Tante Frieda, Vaters Schwester, die am 6.7. Geburtstag hatte, mit Tochter und oft auch Vetter Ulrich zu uns stieß, war für meine Eltern sicher schön und wichtig. Ich aber war vom Glitzern des Sees, vom Strand, vom Steg, von der Sonne beeindruckt, daß ich noch heute bei geschlossenen Augen alles wie damals empfinde und vor mir sehe. Wie war unser Vater so stolz, daß wir schwimmen konnten und von den Sprungbrettern hopsten. Wie genossen wir es, daß er mit uns zufrieden war! Ihm zuliebe sprang ich alljährlich vom 10-m-Turm, obgleich ich eine schreckliche Angst hatte und lieber die daneben befindliche Rutsche genommen hätte.

Nachmittags gab es im Café die obligatorische Aprikosentorte mit Schlagsahne. Jägerhöh und Aprikosentorte ist für mich gekoppelt!

Gegen Abend fuhren wir langsam nach Hause. Die Eltern begutachteten die Felder, und Vaters Kommentare klingen mir noch in den Ohren: „Na, bei der Schwiegermutterbeleuchtung sieht der Roggen natürlich besser aus als unserer!" oder „Kinder, Kinder, der Hafer blaut ja vielleicht, da hat der Skrzeczka wieder anständig gepulvert!" oder „Steht prima, der Weizen, gleichmäßig hoch, wie rasiert. Sagt mal, wißt ihr überhaupt noch wie man den Halm von Hafer und Gerste unterscheidet? Welcher dreht denn nun nach rechts und welcher nach links?" In der Nähe von Nordenburg lernte ich einst, daß es für ein Kind nur den „Herrn Liebeguth", „Herrn Skrzeczka", „Herrn Koeppen" usw. gibt und man nicht die Namen ohne „Herr" sagen darf wie die Erwachsenen.

Vom Pentlacker Wald an begleiteten uns Muttchens Worte wie schön es doch sei, daß wir wieder nach Lonschken kämen, und nirgendwo wäre es doch so herrlich wie zu Hause. Wir stimmten voll mit ihr überein.

Mit viel Sorgfalt suchten mein Vater und der Kämmerer die Kutschpferde aus. Zwei davon mußten besonders gut zusammenpassen, sowohl im Aussehen als auch in den Gängen. Diese standen im Kutschstall, bildschön anzusehen, mit langen Schwänzen im Gegensatz zu den Gespannpferden. Gegenüber in einer gut gesicherten Box wohnte der Hengst „Darius", direkter Nachfolger vom berühmten Trakehnerhengst „Keith". Er mußte täglich bewegt werden, weil er sonst zu übermütig war. Mein Vater und der Inspektor ritten ihn abwechselnd. Uns Kindern war er sehr unheimlich, und wir waren froh, wenn zu gemeinsamen Ausritten ein anderes Pferd genommen wurde. Zu Zuchtzwecken wurde er in Lonschken nicht mehr verwendet, wegen zuviel Inzucht wohl. Immerhin schaffte Darius es, die Stute des Inspektors heimlich zu decken, und sie überraschte uns mitten im Sommer mit einem Hengstfohlen.

Schlimm war es, wenn man Darius vom eigenen Pferd aus halten sollte, wenn der Vater abgestiegen war, um einen Defekt an der Flochtenmaschine oder dem Binder beheben zu helfen. Er meinte dann, es sei ja nur für einen Moment, aber mit dem unruhigen Hengst am Zügel kam es uns wie eine Ewigkeit vor.

Als wir etwas älter waren, durften wir die Kutschpferde reiten. In früheren Jahren aber setzte man uns auf „Anita" oder „Herta". Anita, eine Schimmelstute, war sonst Handpferd im Gespann, brachte noch schöne Fohlen, u. a. den Rotschimmel „Luntrus", war überaus ruhig, zahm und kinderlieb. Es konnte uns nicht viel passieren, auch nicht auf „Herta", die einen schaukelpferdähnlichen Senkrücken hatte und ein sanftes Gemüt. Die ersten Reitstunden gab uns der Inspektor. Meine ängstliche reitunkundige Mutter drang darauf, daß die Pferdeköpfe mit zusätzlicher Leine an Inspektors Pferd gebunden wurden. Wir fanden es peinlich und kleinkindmäßig. Der Inspektor entfernte abseits die Schnüre. „Das braucht ihr doch gar nicht mehr, Jungens!" Ursel und ich wurden überall in Lonschken „die Jungens" genannt. Wir waren ziemlich lebhaft, wild und dauernd in Stall und Hof zu finden. Die Instleute mochten uns, wir sie auch. –

Der Inspektor, der uns das Reiten beibrachte, stammte aus der Allensteiner Gegend und bezeichnete den Hof seines Vaters als

„den Blumentopf", was uns sehr amüsierte, da der Blumentopf 500 Morgen groß war. Im übrigen schwärmten wir für ihn wie eigentlich für alle Inspektoren, und wir standen damit nicht allein. Bei den Weiblichkeiten des Dorfes, von der Köchin, über die Stubenmädchen bis hin zur Geflügelhilfe, einschließlich der Töchter des Hauses fand man den Inspektor interessant und verehrte ihn heimlich ein bißchen. Er war die rechte Hand des Gutsherrn und übergeordnet dem Kämmerer. In der Regel waren es Junggesellen, Landwirtssöhne, die später selbst einen Hof oder ein Gut übernehmen wollten, oft auch einheirateten.

Der erste Inspektor, an den ich mich dunkel erinnere, war ein gutaussehender Mann. Er hinterließ bei seinem späteren Abgang ein ebenso gutaussehendes kleines Mädchen im Lonschker „Dorf", mit dem wir Kinder in späteren Jahren gern am Ententeich spielten. – Man sagte, es sei ihm „wie aus dem Auge gerissen". – Sonst wurde von diesem Inspektor schmunzelnd erzählt, daß er beim Ausprobieren seiner selbst erfundenen „Gleitschutzsohle" auf dem Eis übel vor vielen Zuschauern gestürzt war. Man riet ihm ab, die Gleitschutzsohle beim Patentamt einzureichen.

Sein Nachfolger war der vom „Blumentopf". Ich sehe ihn vor mir klein, beweglich, braunes Gesicht mit weißer Landmannsstirn unter heller Sommermütze, hellblaue Augen, Schlips wehend beim Galoppieren, lachend, immer Spaß mit uns machend. Den mochten wir besonders gern! Er besaß nicht nur sein eigenes Reitpferd, sondern auch ein Kleinmotorrad, was ungewöhnlich war und schwierig zu fahren auf Landwegen. Als er einmal nach bösem Sturz stark lädiert heimkehrte, sein schönes Antlitz nicht mehr so gut aussehend, er selbst schimpfend über ostpreußische Straßenverhältnisse, stellte sich heraus, daß er in Szallgirren bei der Krugbesitzerin zu tief ins Glas gesehen hatte. Das sei weder das Erste- noch das Letztemal gewesen, hörte man. Wir schwärmten dennoch weiter für ihn.

Mehrere Jahre hatten wir einen allzeit heiteren, großen, blonden, stattlichen Inspektor, der verlobt war und einmal zu Pfingsten seine Braut einladen durfte. Unsere Eltern waren gerade in Bad Kissingen zur Kur, und wir genossen die Ersatzeltern. Dieser Inspektor hatte, besonders bei den gemeinsamen Mahlzeiten, immer einen Scherz bereit und freute sich riesig, wenn wir Kinder seine Sprüche mit Wonne aufnahmen. Muttchen fand manches weniger schön, z.B. wenn wir einem Gast beim Zutrunk freudig „Prostata" entgegenjubelten. –

Im Krieg hatten wir ältere Beamte, weil die jungen zum Wehrdienst mußten. Nach 1943, als mein Vater schon tot war, wirtschaftete Muttchen mit einem sehr alten Herrn aus der Nachbarschaft. Wenn wir in den Ferien zu Hause waren, fuhren wir gern mit ihm über die Felder. Er hatte solch trockenen Humor und sagte viele Dinge ganz beiläufig: „Nun sehen Sie doch bloß mal, um uns herum, nichts wie Gegend!" Und die Anekdote liebten wir, wo der Graf zum Jagdgast sagt, als zwei Wildenten vorbeiziehen: „Schießen Sie, c'est à vous, c'est à vous!" Aber der Gast schießt nicht, und als wieder eine Ente kommt, sagt er zum Grafen: „Ach, noch ein Wu!"

Als es dem alten Herrn 1944 auf dem Inspektorenposten zu schwer wurde, weil die meisten unserer Leute eingezogen waren und mit beaufsichtigten Kriegsgefangenen gearbeitet wurde, verhalf ein Nachbar Muttchen zu einem jungen Holländer, der Landwirt war und als Ausländer nicht eingerufen wurde. 1945, nach der Flucht, heiratete er meine Schwester Rosemarie.

Die Inspektorwohnung lag im seitlichen Flügel unseres Hauses. Daran grenzte des Gärtners Residenz, das Gewächshaus, wo u.a. Bienenkörbe geflochten oder ausgebessert und Strohmatten für die Mistbeete hergestellt wurden. Im Spätsommer lagerten dort große Mengen von Tomaten, an der südlichen Außenwand brachten die Spalierpfirsiche reiche Ernte. Der Gärtner schnitt oft mit einem Diamanten Glas, das er für seine Frühbeete brauchte. Wir fanden alles im Gewächshaus interessant.

In der Sommerszeit fuhr der Gärtner zwei Mal wöchentlich sehr früh mit Pferd und Wagen zum nächsten Markt, in Kl. Gnie oder Muldzen. Die Orte lagen ca. acht Kilometer entfernt, und nachmittags kehrte er mit leerem Wagen zurück. Er war am Gewinn beteiligt, und so zog er in Lonschken derart gute Gemüse, Spargel,

Erdbeeren und Salate, daß es eine Freude war. Die Gemüsegarteneinnahmen waren das Taschengeld meiner Mutter. Sie war daher nicht ernsthaft verärgert, daß der Gärtner im Sommer Park und Blumenanlagen nicht so intensiv betreute wie den Gemüsegarten. – Vom Nachmittag an hielten wir Kinder nach dem Gärtnerfuhrwerk Ausschau. Wir liebten die Abrechnungen. In Türmchen baute er das Kleingeld Pfennige, 5-Pfennige, Dittchen auf, das aus einem großen Lederbeutel geschüttet hatte, es folgten 50-Pfennig-Stücke, Markstücke, Scheinchen. Die kleinen Türmchen schob meine Mutter ihm generös als seinen Anteil zu, dazu errechnete man einen Prozentsatz von den größeren Münzen. An manchen Tagen meinte Muttchen, nun brächte er aber besonders viel Kleingeld, beziehungsweise Türmchen.

Oft mußten wir lange auf des Gärtners Marktrückkehr warten. Er pflegte im Abelischker Krug noch ein Gläschen zu trinken, und bei einem blieb es nie. Mein Vater war sehr verärgert darüber, weil das Pferd, genannt „Gärtnerfuchs", vor dem Krug angebunden, müde und manchmal in Hitze warten mußte.

Wenn jemand den Gärtner ärgerte, konnte er sehr ausfallend werden. Zu uns Kindern war er reizend, und wenn wir uns trennten, rief er oftmals freundlich: „Und noch Filimisimang!" Erst Jahre später, als wir in Insterburg Französisch lertnten, wurde mir klar, daß er uns „viel Amusement" gewünscht hatte.

Unser Gärtner war gleichzeitig Imker und sorgte für 65 Bienenvölker. Meine Mutter besprach mit ihm die Schleudertermine, damit man möglichst reinen Klee- oder Lindenhonig erzeugen konnte. Geschleudert wurde ca. drei Mal im Sommer und nur bei Sonnenwetter, weil die Bienen dann ausgeflogen waren. Bienenstiche waren sehr gefürchtet, da sie schmerzhaft, im Gesicht zu häßlichen Schwellungen führend, in den Haaren widerlich und in Mengen nicht ungefährlich waren. Mein Vater mied die Handwerkerstube, in der geschleudert wurde. Wir Kinder wollten helfen, weil es so aufregend war, wenn der Gärtner die Wabenkästen auf der Schulter hereinbrachte. Kopftuchbewehrt und mit Handschuhen wurden vier Waben in die Schleuder gehängt, und Muttchen drehte die Kurbel. Das mußte „mit Verstand" geschehen, anfangs sehr langsam, damit die Waben nicht brachen, dann immer schneller. Wie war es spannend, wenn der Honig in dickem Strahl in die Gefäße floß! In jedem Sommer gab es viele Zentner. Der Honig, den Lonschken nicht verbrauchte, wurde abgefüllt und zu 4,5 kg oder 9 kg nach Berlin und ins Reich geschickt. Wir fuhren mit der Spinne nach Abelischken zur Post, mit lauter goldenen, verplombten Eimerchen und dem Postbuch, wo alles eingetragen werden mußte. Der Gärtner war immun gegen Bienenstiche. Er arbeitete ohne Kasel und Smoker an den Stöcken. Mit großer Umsicht, von uns unendlich bestaunt, fing er Bienenschwärme ein. An Sommerabenden nahm er uns machmal zum Bienenstand mit, und wir durften an den Körben lauschen. Wollte eine Königin am nächsten Tag schwärmen, d.h. ein eigenes Volk gründen, rief sie die Bienen mit einem eigentümlichen Tuten dazu auf. Der Gärtner paßte anderentags auf, wenn der Schwarm sich erhob und in der Nähe wieder an Baum oder Strauch niederließ. Dann fing er ihn mit einem großen Sack an langer Stange und setzte die Tiere in einen neuen leeren Korb mit vorbereiteten Waben. Immer klappte es nicht, weil Bienenschwärme manchmal sehr weit zogen, aber dafür saß auch schon mal ein fremder in unserem Garten und wurde in Empfang genommen. Wir Kinder aber flohen, sobald wir einen Schwarm entdeckten, denn es gab greuliche Geschichten von Pferden, die von Bienen totgestochen worden seien, weil ein Schwarm sich an sie hängte. Meine Schwester Ursel hatte einmal elf Stiche, war Held des Tages, durfte sich zu Bett legen und mußte viel Milch trinken. Man beneidete sie ein wenig um diese Sonderstellung, allerdings nicht mehr, als sie am nächsten Morgen chinesenähnlich zum Frühstück erschien. Ihre Augen waren zugeschwollen, weil eine Biene sie an der Nasenwurzel gestochen hatte.

Unser Haus war für mich der Inbegriff von Gemütlichkeit. Durch den Turm wirkte es ein bißchen schloßähnlich. Das Turmzimmer wurde nicht benutzt. Es stand da der Altar, der bei Haustaufen und Familienfesten benutzt wurde. Die Glastür führte auf das Flachdach, das wir nicht betreten sollten. Nur ganz selten haben wir es trotzdem probiert. Im Turmzimmer wurden im Sommer Kräuter getrocknet, besonders Kamille, die meine Mutter vor dem 24.6. pflücken ließ. Da wäre die Heilkraft der Blüten am stärksten. Die alte schwarz-weiß-rote Fahne wurde dort oben aufbewahrt und die vorgeschriebene Hakenkreuzflagge.

Stieg man eine Wendeltreppe herab, mündete die Tür auf den oberen Flur, von dem die Kinder- und Gästezimmer abzweigten. Von diesem Flur aus kam man auf den Balkon. Wenn wir genügend pracherten, durften wir sommers auf ihm übernachten, als wir schon älter waren. Wir packten uns mit vielen Betten in Liegestühle und zählten Sternschnuppen, die im August reichlich fielen. Gegen Morgen wurde es oft so kühl, daß wir uns gern in die Zimmer zurückzogen. –

Rosemarie wohnte allein, Ursel und ich hatten ein gemeinsames Zimmer daneben. Wir konnten aus unserem Fenster die Pferdekoppeln sehen und weit bis zur Kapelle am Wald. Durch die Wiese floß die Ilme, ein kleiner Fluß, der aber in jedem Frühjahr enormes Hochwasser führte. Im Sommer war die Ilme so schmal, daß man an manchen Stellen rüberspringen konnte, z. B. an der alten Linde, auf deren ungeheuer breiten Ästen wir gern saßen. – Es gab auch tiefere Stellen im Fluß, wo die Leutekinder badeten, nahe dem Abelischker Weg. Die nassen Nackedeis rollten sich im Sand und huschten kreischend über die Wiese zurück ins Wasser. Eine zweite Badestelle wurde abends von den Mädchen aus dem Dorf aufgesucht. Man badete in Kittelschürze, sehr bedacht darauf, daß sie hinten nicht klaffte. Jungen wurden von diesem Badeplatz ferngehalten.

An heißen Tagen ritten die Gespannführer ihre Pferde in die Schwemme. An der Abeliener Brücke, gleich hinter dem Speicher, war die Ilme breit genug dafür. Bestimmte Pferde genossen das derart, daß sie sich hinlegten. So konnte der Reiter leicht zu unfreiwilligem Bad kommen. Die Pferdeschwemme konnten Ursel und ich vom Kinderzimmer aus sehen, vor allem aber den „Geist vom Splitterberg". Während die Leute aus dem Dorf fest an diesen Geist glaubten, haben wir schon sehr früh die Erklärung angenommen, daß es sich bei „ihm" um ein Irrlicht handelte. Allerdings muß ich zugeben, daß es etwas gruselig war, wenn man dieses Lichtchen wandern sah. Wir beobachteten es öfters vom sicheren Fensterplatz. Es schien tatsächlich von der Kapelle zu kommen und Richtung Splitterberg einzuschlagen, wobei es über die Martha-Quelle huschte, verschwand und erneut bläulich flackernd weiterwandelte. Die Martha-Quelle war vom Vater einst so getauft nach einer verehrten Lehrein, Martha Dittborn, genannt Dittchen, die als alte Dame im Sommer alljährlich einige Wochen in Lonschken verbrachte. Sie konnte herrlich Geschichten erzählen! Wir brauchten nur Angaben zu machen, wer oder was drin vorkommen solle, und sie entwickelte beim Spaziergang im Park spannende Erzählungen. Ich höre noch ihr bescheidenes: „Kinderchen, nun weiß ich aber wirklich nichts mehr", bevor wir sie überreden konnten und sie abermals anhub.

Über den Splitterberg sind wir oft geritten. Am Tag hatte er gar nichts Unheimliches an sich. Selbst als Ursel gerade da vom Pferd „Liebling" stürzte, haben wir nicht angenommen, daß der Geist seine Hand im Spiel gehabt hätte.

Eine Zwischentür verband unser Zimmer mit dem von Rosemie, meistens blieb sie aber geschlossen, weil Rosemie drei Jahre älter als Ursel und fünf Jahre als ich war. So war sie weit vernünftiger als wir, durfte auch schon länger aufbleiben. Es ärgerte uns, wenn sie im Beisein von Besuch oder dem Inspektor sagte: „Ich bringe die Kleinen jetzt ins Bett". Im Sommer versuchten wir sowieso, das Schlafengehen hinauszuzögern. Es blieb lange hell, und die Eltern saßen abends auf der Terrasse neben der Veranda. Aus dem Dorf hörte man Klänge einer Ziehharmonika, „Quetschkommode" genannt, Mädchenlachen, Hundegebell aus der Ferne, gelegentlich Laute aus den Ställen. Wir Kinder saßen auf dicken gestickten Lederpolstern auf der Freitreppe zu Füßen unserer Eltern. Man hatte einen weiten Blick, und einmal sahen wir im Dämmerlicht einen Elch durchs Bruch ziehen und holten Vaters Fernglas. Elche standen nicht in Lonschken, zogen aber öfter durch. Einmal ritten wir durch unseren Wald. Ich achteten auf schlechtem Weg auf Vaters Pferd, das vor mir ging, als rechts plötzlich eine Elchkuh stand und uns verwundert ansah. Die Pferde scheuten, die Elchkuh blieb stehen und kümmerte sich nicht um uns. Ich war trotzdem froh, als wir ein Stück weiter waren, denn man hatte schon so viel von Elchkühen gehört, die ein Kalb in der Nähe hatten und dann gefährlich wären. Ob man uns das nur gesagt hatte, um uns zur Vorsicht zu erziehen? So ähnlich wie Muttchens Geschichte von den Kindern, die geplatzt waren, weil sie Wasser auf grüne Stachelbeeren getrunken hatten?

Zu meinem zehnten Geburtstag kriegte ich von den Eltern eine kleine blaue Ziehharmonika geschenkt. Ich war glücklich, übte allerlei Stückchen, und an Sommerabenden sangen wir dazu.

Zwischendurch kam der Kämmerer, um noch mit dem Vater etwas über den Arbeitsplan des nächsten Tages zu besprechen. Mit dem Kämmerer hatte mein Vater schon die Jugend in Lonschken verbracht. Wie das damals war, wurden sie durch die verschiedenen Schulen getrennt, aber später waren sie wieder gemeinsam in Lonschken. Es gab bei Kämmerers wie bei uns drei Töchter, fast im gleichen Alter. Wir fanden erstaunlich, daß alle drei Vornamen hatten, die mit „E" anfingen und mit „A" endeten - Eva, Elma, Erika.

Als meine Schwestern Scharlach hatten, verhängte man Quarantäne über sie und sperrte mich als Dritte zu ihnen, weil ich die Krankheit mit absoluter Sicherheit auch ausbrüten würde. Ich blieb dennoch verschont. Mein Patenonkel aus Berlin, der gerade zu Besuch war, ergötzte uns Eingesperrte, indem er auf dem schmalen Sims, sich an die Wand quetschend balancierend, vor unseren Fenstern erschien und Fratzen schnitt. Meine Schwestern hatten auch nur eine leichte Form von Scharlach, während Rosemie als Kleinkind fast an Diphterie gestorben sein soll. Man habe sie nur mit Spatzenbrühe durchgebracht. Der Inspektor und mein Vater hätten die Vögelchen für sie schießen müssen. (Wer sie wohl gerupft und ausgenommen hatte?) Rosemie war später die Stabilste von uns, und oft wurde sie mit dem guten Erfolg der Spatzenbrühe geneckt.

Im oberen Stockwerk des Lonschker Hauses gab es drei Fremdenzimmer und noch die Schmandleckerstube. Letztere bewohnte der Milchkontrollassistent, der in regelmäßigen Abständen für ein paar Tage erschien, um Güte und Bestandteile der Milch zu kontrollieren. Er wurde nur „Schmandlecker" genannt, auf Hochdeutsch heißt das „Sahnelecker". Niemand fand es komisch, es war selbstverständlich. – Auf dem Flur und in den Nebenräumen standen große Truhen und Schränke, wo die Wintersachen, Bettzeug und Pelze eingemottet wurden.

Es war in diesen Abseiten immer dämmrig, ideal zum Versteckenspielen oder wenn eine der vielen Katzen mal Ruhe zum Jungen haben wollte. Eine Holzkammer gab es auch noch oben, damit alles griffbereit für die Kachelöfen war.

Wie gemütlich war es für uns Kinder, noch im Bett zu bleiben, wenn ein Mädchen frühmorgens den Kachelofen anheizte, damit es „etwas verschlagen wurde" zum Anziehen. Selbst montags, wo wir wegen der Busfahrt nach Insterburg um fünf Uhr aufstehen mußten, brachte eine gute Seele vorher den Ofen in Schwung.

In jedem Zimmer gab es solche hohen Kachelöfen, mit Röhren für eventuelle Bratäpfel. Geheizt wurden die Öfen mit Holz aus unserem Wald, das im Herbst mit der Kreissäge zerkleinert, gehackt und zu Kegeln aufgeschichtet wurde. Wir sollten nicht zwischen diesen Holzkegeln Greifen oder Verstecken spielen, weil irgendwo mal Kinder von dem einstürzenden Holz begraben worden waren!

Ich weiß noch genau, welch herrliches Gefühl es war, im Herrenzimmer an dem warmen Ofen zu lehnen und mit den Händen rücklings die Kacheln zu streicheln. Man konnte sich nur schwer davon lösen – ... „Ach, ein Momentchen bloß noch bitte!"

Im ersten Stock führte ein Treppchen zum Bodenraum, der voll alter interessanter Dinge war und eine steilere Treppe zum Wäscheboden. Da war auch das Wasserreservoir, gleich daneben Durchschlüpfe zum Boden unter dem Flachdach. – Wer also geschickt wurde, um junge Katzen zu suchen, weil die Alte wieder mal schlank und rank war, tat gut daran, beim obersten Boden anzufangen. Es war sehr beschwerlich, denn selbst ein Kind konnte sich da nur geduckt, fast kriechend, fortbewegen. Man durfte auch keine Angst vor Fledermäusen haben, die dort hingen. „Seid bloß vorsichtig, Kinder, die gehen in die Haare!" Manchmal waren da oben wirklich junge Kätzchen, die dann fauchten und sich wild gebärdeten aus Angst vor uns. Mühsam fingen wir sie ein und siedelten sie in ein warmes bequemes Körbchen in der Küche um. Nicht selten sah man die Katzenmutter, ein Junges im Genick gepackt, ein neues Versteck suchen. Nacheinander verlegte sie dann die Kleinen dahin, wo sie es für sicherer hielt. Es dauerte lange, bis solche Kätzchen zahm wurden.

Sonst kamen wir selten auf den obersten Boden, wo der große Wasserbehälter, isoliert gegen Frost mit Heu, Stroh und Häcksel auch ein Anziehungspunkt für Katzen war.

Lonschken hatte nach dem Weltkrieg noch keine Wasserleitung. Es war eine Riesenarbeit, für all die Kühe, Pferde, Schweine usw. Wasser zu pumpen und zu tragen. So entschloß sich mein Vater zum Bau der Leitung, und dafür mußte die Anlage des elektrischen Lichtes noch zurückgestellt werden.

In der Mitte des Hofes stand das Roßwerk. Ein Pferd mußte einige Stunden am Tag diese Pumpe ziehen. Es war ganz leicht, wir haben es als Kinder selbst probiert. Das arme Tier ging aber ständig im kleinen Kreis, und damit ihm nicht schwindlig wurde, verband man ihm die Augen. In Lonschken hatten wir ein blindes Pumppferd. Am Haus war ein Wasseranzeiger, den der Kutscher beobachten mußte. Zuerst kriegten die Ställe Wasser, dann das Haus. Es erinnert mich dran, daß die Eltern uns beigebracht haben: „Erst an die Tiere denken, weil sie sich nicht selber helfen können!" Ich habe es mein Leben lang so gehalten.

Obwohl wir von einigen Nachbargütern und aus Insterburg elektrisches Licht kannten, habe ich es nie vermißt. Wir hatten Petroleum- und Spirituslampen, und wenn die Gäste oder wir bei Dunkelheit unsere Zimmer aufsuchten, hatte jeder seinen Kerzenleuchter.

Wir lernten früh, wie man den Docht einstellen muß, damit die Lampe nicht blakt und was beim Strumpf einer Spirituslampe zu beachten ist. Wie war es gemütlich im warmen gelben Schein der Hängelampen!

Der Nachtwächter bezog für seine Laterne das Petroleum aus unserer Küche. Im Krieg hatten wir einen sehr alten Mann, der sich zwischen seinen Rundgängen gern im Pferdestall aufwärmte. Da er manchmal eingenickt war, wurde er gelegentlich kontrolliert, weil wegen der Laterne die Brandgefahr groß war.

Eine sehr moderne Lampe hatten wir in den letzten Jahren im Herrenzimmer. Sie war besonders hell, aber recht schwierig anzuzünden. Allabendlich ging also der damalige Inspektor mit Rosemie in den Flur, um sie in die Kunst des Ansteckens der Pertrix-Lampe einzuweisen. Es muß schwierig und durch Druckverhältnisse sogar gefahrvoll gewesen sein, denn die beiden waren immer recht lange beim Üben. Ursel und ich schmunzelten und neckten Rosemie, wohl auch zu Recht, denn dieser Inspektor wurde nach 1945 unser Schwager.

Links neben der Treppe, die von oben ins Erdgeschoß führte, lag das Badezimmer, dahinter das elterliche Schlafzimmer. Gebadet wurden wir Kinder nur sonnabends, öfter galt als ungesund. Es mußte dazu der kupferne Badekessel geheizt werden. Unsere Haare wurden noch seltener gewaschen, nämlich mit Regenwasser, das in einem Bassin der Waschküche gesammelt wurde. Dort wurde sehr aufgepaßt, daß das Fenster verschlossen war, weil mal eine Katze bei niedrigem Wasserstand hineingefallen und ertrunken war. Haarewaschen war eine größere Aktion, da wir Zöpfe trugen, das Haarwaschpulver sich schwer auflöste, unsere Köpfe hinterher mit Birkenwasser eingerieben wurden und das Trocknen per Handtuch lange dauerte.

An diesen Tagen kriegten wir Abendbrot im Kinderzimmer: Griesbrei und Saft zur Belohnung.

Das Schlafzimmer der Eltern lag zum Garten raus. In meiner Erinnerung ist es grün-golden-dämmrig, und die breiten Mahagonibetten mit gelbseidenen Daunendecken kamen mir irgendwie märchenhaft vor. Am Fußende stand eine Chaiselongue, und wenn einer von uns mal krank oder elend war, durfte er da übernachten.

Es milderte schon das Krankheitsgefühl, wenn man zusehen durfte wie Muttchen sich morgens anzog. Sie tat immer einen Schuß Eau de Cologne in ihre Waschschüssel auf dem Marmortisch. Interessant war auch wie sie sich am Toilettentisch kämmte und aus einem wunderschönen dicken Zopf und mittels seitlich hochgesteckter Kämme eine Frisur zauberte – wie sie auf Bildern damals die Kronprinzessin Cäcilie trug.

Das Schlafzimmer war der ruhigste Raum des Hauses. Allerdings störten etwas die Perlhuhnschreie, die ziemlich durchdringend waren. Weil die Perlhühner aber so nett aussahen und kleine, braune, wohlschmeckende Eier legten, wurden sie nicht abgeschafft. Vom Hausflur führte eine Doppeltür auf eine kleine Terrasse, von der eine Freitreppe in den Garten ging. Diese Haustür benutzten wir ständig, die andere zur Veranda nur, wenn Gäste kamen. Unfaßbar heute, wenn ich an die einfachen großen Schlüssel denke, mit denen der Letzte, der abends ins Haus kam, die Tür zur Nacht abschloß. Ein einzigesmal war während eines Erntefestes ein Einbrecher gekommen. Es war wohl ein sich gut Auskennender, denn er hatte nur Bargeld von einem eben verkauften Bullen mitgenommen. Papiere, die er nicht hatte brauchen können, aber für meinen Vater als wichtig erachtet, schickte dieser freundliche Einbrecher mit der Post zurück.

Im Flur standen auf einem Tisch die für den Abend vorbereiteten Lampen und Kerzenleuchter, auf einem anderen der Gong, der alle zu den Mahlzeiten zusammenrief. Er war aus Messing, gehämmert, und ich war überglücklich, als ich viel später nach dem Krieg wieder einen Gong bekam, nicht solchen wie in Lonschken, aber immerhin.

Vom Flur aus ging man in das Eßzimmer, wo die Mahlzeiten in großer Pünktlichkeit stattfanden. Nur beim Frühstück waren die Zeiten dehnbar, besonders wenn Besuch da war, der sich ausschlafen sollte. Die Eltern und wir frühstückten zeitig. Neben einem hohen, dunkelbraunen Kachelofen stand ein Korbsessel für die Hunde.

Sie sollten den Überblick über die Tischrunde haben, wenn sie schon nicht betteln durften. Neben dem Anrichtetisch konnte man zwei Holzflügel öffnen, und dann rief man nach dem Aufzug zur Küche herunter. Beladen mit dem warmen Essen, wurde er klirrend und rasselnd hochgeschickt, die Ketten unten eingeklinkt, damit er nicht wieder runtersausen konnte. Nach dem Abräumen belud man den Aufzug vom Eßzimmer aus und gab der Küche Bescheid, ihn wieder einzuholen. – Es war uns als Kinder verboten, darin Versteck zu spielen, weil man sich übel einklemmen konnte. Es gab aber die herrliche Mittellage, wo weder vom Eßzimmer noch der Küche eingesehen werden konnte, wer oder was im Aufzug lag! So haben wir doch, wenn fremde Kinder mal zu Gast waren, gegen das Gebot verstoßen. Es war zu verblüffend wie man verschwinden konnte!

Vom Eßzimmer aus konnte man in eine Art Anrichte- und Arbeitsraum gehen und weiter in die Vorratskammer, zu der der Schlüssel in Muttchens Korb lag. Diese Kammer war immer gut gefüllt, mit Geschlachtetem, Eingemachtem, Zuckersäcken, Honig, Reis, Tee, Kakao, Schokolade, Keksen, von Rum bis zu Streichhölzern war alles vertreten. Es war nötig, ein Lager zu haben, weil die nächste Stadt weit entfernt war. – In dem großen Raum davor packte Muttchen Pakete. Sie verschickte auch Eier nach Berlin, immer 1 Schock = 60 Stück. Wir durften beim Einwickeln in Zeitungspapier helfen. Vor Weihnachten versandte sie Spickgänse, als Lonschker Spezialität, selbst geräuchert. – Es war ein wunderschöner alter Schreibtisch in dem Zimmer, woran der Postkram erledigt wurde. Uns fesselten am meisten die Geheimfächer.

Am Fenster stand die Singer-Nähmaschine, auf der meine Mutter fast alles für uns nähte. Sie hatte es gerne, wenn wir drei Töchter die gleichen Kleider trugen, und so konnte es passsieren, daß ich als Jüngste, im Erbverfahren von Rosemie auf Ursel und dann auf mich, jahrelang gleich gewandet war. Muttchen war eine sparsame Frau, kaufte wegen der Haltbarkeit nur gute Stoffe, die lange Lebensdauer hatten. Am liebsten sah man uns in blau-weiß, den Dragonerfarben. Mein Vater hatte den Weltkrieg als 10. Dragoner mitgemacht und war dem Allensteiner Kavallerieregiment sehr verbunden. Wenn sich sonntags die Frage der Garderobe erhob, hieß es: „Kinderchen, vielleicht die Vogelkleidchen? Die Dragonerkleidchen? Die Karierten? Die Blauen? Die Russenkittel? Die Kimonokleidchen? Die Blauen mit weißen Angorapunkten?" Alles von Muttchen genäht, meist für drei Größen, für Ursel und mich noch bis zum Abitur.

In gleichen Mengen strickte die Gute für uns Sommersöckchen in verschiedensten Farben, natürlich auch blau-weiß dabei, mit unterschiedlich breiten Ringeln, Rosemie einen, Ursel zwei schmalere,

Brigitte drei schmale. Irgendwann kriegte sie eine Sehnenscheidenentzündung, und das Stricken wurde ihr von Onkel Fritz untersagt.

Es gab in Ostpreußen den Spruch: Ein Mann kann vierspännig nicht so viel einfahren wie eine Frau in der Schürze raustragen kann!

Daß meine Mutter in vollständigem Gegensatz dazu stand, hat mein Vater ihr sicher oft gedankt. Während die Nachbargüter Abelischken und Abelienen sich zu Hitlers Zeiten nicht halten konnten, verkauft und aufgesiedelt wurden, blieb Lonschken davon unberührt. Wir durften sogar nach Insterburg zur Schule gehen, was für die Eltern erhebliche Pensions- und Schulgeldkosten brachte. Mit Bargeld wurde in Lonschken sparsam umgegangen, weil jeder überschüssige Betrag wieder in die Wirtschaft investiert wurde. Das Taschengeld, das wir erhielten, war minimal, gemessen an dem, das die Mädchen gleichen Alters in der Stadt bekamen. Die Eltern hatten uns das aber erklärt, und wir sahen ein, daß Lonschker Belange vorgingen. Meine Schwestern und ich besaßen Aussteuer-Sparbücher, die im Geldschrank im Saal aufbewahrt wurden. Einmal, als es Vater gesundheitlich schon schlecht ging und er dringend zur Kur mußte, reichte das Geld dafür nicht. Ich weiß noch wie Muttchen uns fragte, ob wohl jeder von seinem Sparbuch Vater etwas leihen würde. Wir taten es nur zu gerne. Zu einem Sparbuch hatten wir gar kein Verhältnis. Wir hatten ja alles, was wir brauchten und noch viel mehr, nämlich Lonschken, dessen wir uns doppelt bewußt wurden, seit wir in der Stadt wohnen mußten.

Die Tür vom Eßzimmer, Richtung Vorratskammer, ging aus unerfindlichen Gründen manchmal von selber auf, während wir bei Tisch saßen. Dann hieß es sofort: „Oh, Tante Hedwig!" Diese längst verstorbene alte Dame hatte einst versprochen, wenn ein Erscheinen nach dem Tode möglich sei, würde sie durch eben diese Tür uns aufsuchen, da das Essen in Lonschken so gemütlich sei. Das Eßzimmer ging über in das Damenzimmer, wo ein Klavier später der Flügel stand. Wenn wir im darüberliegenden Kinderzimmer zu sehr tobten, klirrte der Kronleuchter bedenklich. Angezündet wurden dessen Kerzen nur, wenn bei Jagden oder anderen Gesellschaften sich die Ehefrauen im Damenzimmer versammelten. Eigentlich passierte das nur zu fortgeschrittenen Stunden, wenn die Herrenwitze herber wurden.

Mein Vater liebte es, wenn Muttchen sang. Ich erinnere mich wie sie am schwarzen Klavier saß und sich selbst begleitete. Dazu zündete mein Vater als Beleuchtung die Kerzen rechts und links an, die auch solch kleine Kristallgehänge hatten wie der Kronleuchter. Als wir älter wurden, sangen wir mit. Es gab ein dickes Liederbuch, und jeder durfte sich was wünschen. Mir ging der Ruf voraus, mir doch bloß immer die „Lindenwirtin" auszusuchen. Im dritten Vers nämlich hieß es, „da nahm sie den Wanderstab und verkloppte den Wandersknab!" Muttchen sang dem Vater zur Freude noch die Zugabe mit dem Refrain: „Mein Schatz muß Rei-ei-ter, mein Schatz muß Rei-ei-ter und zwar ein guter Reiter sein!" oder die Forelle, die beginnt: „An einem Bächlein helle", und die Eltern lächelten sich vielsagend zu und dachten vermutlich an die nicht so saubere Ilme.

Als wir später von Tante Bele aus Berlin den Flügel kriegten, wurde das liebe schwarze Klavier in das „kleine Herrenzimmer" gestellt, das an das Damenzimmer grenzte. – Da ließen wir dann Gäste den Flohwalzer üben.

Wenn ich an den Flügel denke, sehe ich ein Bild ganz deutlich vor mir: Rosemie am Flügel, Ursel sitzend und Mandoline zupfend, mich dahinter stehend mit der Geige und meine Eltern untergehakt auf- und abwandernd – Eßzimmer - Damenzimmer - Herrenzimmer – über die schönen alten Teppiche. Sie freuten sich über uns. Wir spielten nur leichte Sachen, aber in den Ferien täglich, weil es zu Dritt gut klang und Spaß machte.

Im Sommer standen die großen Fenster offen, und wenn unsere Musik in der Dämmerung nach draußen klang, freuten sich nicht nur die Stubenmädchen. Im Speicher, dicht neben unserem Haus, waren die Kriegsgefangenen untergebracht, und sie kriegten dann ein bißchen Orchestermusik zu hören, nicht nur immer Ziehharmonika.

Nach dem Polenfeldzug hatten wir fünfzehn polnische Gefangene als Arbeitshilfen. Ein älterer deutscher Soldat war als Wachmann eingesetzt. Gekocht wurde für sie auf einem Herd neben der Waschküche, und sie holten sich mittags das warme Essen in den Speicher. Obwohl man sich den Gefangenen in keiner Form zuwenden sollte, waren sie für uns nicht viel anders als die polnischen Scharwerker, die während der Erntezeit sich auf manchen Gütern verdingten. Entsetzliches passierte dann in Abelienen, dem Nachbargut. Der Besitzer wurde, als er früh aufs Feld ging, von zwei Polen erschlagen, die geflohen waren und versuchten, nach Hause durchzukommen. Wir konnten es nicht fassen. Der Nachbar war ein gutmütiger Mann, seine Kinder in unserem Alter. – Als man die beiden Polen bei Allenstein aufgriff, kenntlich an der vom Ermordeten gestohlenen Uhr, wurden sie nach Abelienen zurückgebracht. Alle polnischen Gefangenen aus weitem Umkreis wurden von ihren Wachleuten hingeführt, um mit ansehen zu müssen wie die beiden erhängt wurden.

Es hat mich furchtbar beeindruckt. Wir wurden seitdem ständig ermahnt, uns nicht so sorglos in Wald und Feld zu bewegen, und sonntags durften wir nicht mehr allein ausreiten.

Die französischen Kriegsgefangenen, die dann die Polen ablösten, bewegten sich viel freier, wurden nur nachts eingeschlossen. Beim Essenholen machte es Spaß, mal ein paar Schulfranzösisch-Worte anzubringen, und die Stubenmädchen mochten besonders gern zwei belgische Studenten. Es beruhte auf Gegenseitigkeit, denn die beiden holten recht häufig den Suppenkessel.

Zu den russischen Kriegsgefangenen hatten wir kaum Kontakt. Sie wurden von mehreren Soldaten bewacht und kochten selbst für sich im Speicher. Mit ihren kahlgeschorenen Köpfen und abgerissenen Uniformen sahen sie sehr fremd aus.

Einmal hat mich einer angelächelt, bevor ihn der Wachmann in die Kolonne zurückschob. Ich erinnere mich genau dran. Einer unserer Hunde war an dem Russen hochgesprungen; ich bin hingelaufen, habe das Tier zurückgerissen, wobei ich selber ein Geschnappe abkriegte, und zu dem Gefangenen etwas Entschuldigendes gesagt, das er ja gar nicht verstehen konnte. Aber da lächelte er mir zu und war auf einmal eine Einzelperson, wo man sonst nur die grauen Gruppen, streng bewacht, zur Arbeit gehen sah.

Unser Vorwerk grenzte an das Nachbargut Friedrichsfelde. Es wohnten da zwei Familien, die die Tiere zu versorgen hatten. Hauptsächlich Jungvieh war in den Ställen, auch Schafe wurden dort untergebracht. Das Gehöft lag etwa einen Kilometer von Lonschken entfernt. Gegen Kriegsende wurde es von russischen Partisanen ausgeraubt.

Tante Bele war da, solange ich zurückdenken kann, manchmal Wochen oder Monate. Sie war eine sehr alte Dame, lebte in Berlin und hing an unserer Familie und an Lonschken. Obwohl sie keinen richtigen Ton singen konnte, spielte sie vorzüglich Klavier und brachte uns die Anfangsgründe bei. Ich höre sie noch zählen, während sie ihr Pince-nez (Kneifer) aufsetzte. Tante Bele liebte Katzen sehr und Pferde geradezu abgöttisch. Wir hatten sie oft gewarnt, auf der Weide bei den ein- bis zweijährigen Fohlen vorsichtig zu sein und sie lieber vom Zaun aus zu streicheln. Nicht so Tante Bele! Sie wollte den Pferden näher sein. Wenn sie mal kräftig angeknabbert wurde oder im Gedränge einen Schubs abkriegte, sagte sie: „Seht nur, Lunkerchen, wie sie mich mögen!"

Für die Leute in Lonschken blieb Tante Bele aber immer ein bißchen der Großstadtmensch. Wenn sie sich jovial mit dem Nachtwächter über etwaige Einbrecher unterhalten wollte, kriegte sie zur Antwort: „Na, jnädjes Fräulein, Ihnen wird schon keiner nich raustragen!" Fing sie anders an: „Ach, ich dachte ...", sagte der Kutscher: „Die Kurr dacht auch sie bleibt zur Zucht, und dann lag sie in der Bratpfann!"

Niemand aber konnte unsere Kinderrücken beim Gute-Nacht-Sagen so herrlich kraulen wie Tante Bele.

Obwohl ihr im Herbst 1944 dringend abgeraten wurde, nochmal nach Lonschken zu kommen, erschien sie in Bokellen und mußte abgeholt werden. Im hohen Alter hat sie in der Donnerkutsche die Flucht mitgemacht.

Das Herrenzimmer war der eigentliche Wohnraum, mit verschiedenen Sesseln, Schreibtisch, Nähtisch, Chaiselongue, Kachelofen, drei Bücherschränken, Geweihen an jeder Wand, Hundekorb und Hängelampe über großem rundem Tisch mit Decke, aus deren Fransen wir Zöpfchen flochten. Die Eltern, Inspektor, Lehrerin, jeder hatte seinen Stammsessel, wir Kinder wechselten die unseren. Im Winterhalbjahr waren die Nachmittage und Abende lang, gegen drei Uhr wurde es im Dezember dunkel. Wie haben wir das Zusammensein im Herrenzimmer geliebt, als wir aus dem Kinderzimmeralter raus waren. Wenn Muttchen nicht handarbeitete, legte sie Patiences, und wir hätten am liebsten alle drei ganz nah bei ihr gesessen, um zu lernen oder Ratschläge zu geben bei der „Napoleon", „Harfe", dem „Zopf", der „schlumprigen Emilie" und anderen. Auch beim Wälzen der alten Rezeptbücher waren wir gern dabei, die überquollen von handgeschriebenen, später aufgezeichneten Zettelchen.

Als ich acht Jahre alt war, Ursel also zehn Jahre, fand ein Inspektor, daß es Zeit für uns sei, Skat zu lernen und zwar an eben diesem runden Tisch im Herrenzimmer. In der langen dunklen Zeit hatte oft der dritte Mann zum Spiel gefehlt. Muttchen konnte keinen Skat. Es hatte sich niemand der Mühe unterzogen, es ihr in Lonschken beizubringen, denn es hieß in Ostpreußen, wenn man Skat nicht ganz jung erlerne, hätte es sowieso keinen Zweck und wäre vergebene Liebesmüh. – Uns Kinder lehrte es nun der Inspektor von der Pike auf. Bereits nach einigen Übungsstunden erfaßte uns die echte Skatleidenschaft. Bereitwillig und sofort waren wir zur Stelle, wenn der dritte Mann wieder fehlte. Wir übernahmen nicht nur Regeln, sondern all die reizenden Sprüche und die deftigen vom Inspektor dazu.

Wenn draußen der Schnee knirschte und Frost klirrte, saßen wir gemütlich im Herrenzimmer, Grog- oder Teewasser summte im Kupferkessel auf dem Spirituskocher. Nach dem Abendbrot um halb sieben wurde noch ein Gang durch die Ställe gemacht, ob alles in Ordnung sei. Es folgten ein paar Rundchen Skat.

Muttchen brachte uns dann in den Vorraum, wo jeder seinen Leuchter holte, und wir beteten mit ihr. Es war fast immer das gleiche kindliche Gebet, auch als wir schon älter waren. Später als Erwachsene, habe ich es etwas abgewandelt und manches zugesetzt, aber selbst in schwersten Zeiten meines Lebens waren es die Lonschker Anfangsworte. Wie oft gab es mir Ruhe und ein Gefühl der Sicherheit. Es ist auch keineswegs so, daß Beten nur in Notzeiten angewandt wird, ebenso nötig braucht man es zum Danken!

Vom Hausflur aus führte die, für uns Kinder wichtigste, Treppe hinunter ins Souterrain. Dort waren die Küche, das Mädchenzimmer, die Plättstube, Speisekammern, Holz- und Weinkeller, Räucherkammer, Brotbackstube und Waschküche. Unzählige Stunden haben wir da zugebracht. Wir liebten die Mädchen und wurden wiedergeliebt. Auf die Köchin Annchen, genannt „Mamsellchen", kann ich mich gut besinnen. Mit ihr besprach meine Mutter die täglichen Gerichte und Speisefolgen zu größeren Festen, oft an Hand der zerfledderten Kochbücher. Später hatten wir viele Jahre die Köchin „Lene", und da das erste Stubenmädchen auch „Lene" hieß, wurde sie mit ihrer Einwilligung in „Erna" umgetauft. Als eine ihrer Schwestern, die nun wirklich „Erna" hieß, als zweites Mädchen eingestellt wurde, hatten wir Schwierigkeiten. – Vor einigen Jahren sah ich die beiden auf einem Ostpreußentreffen des Kreises Gerdauen am „Lonschker Tisch" wieder. Gleich kam ich wie in alten Zeiten mit den Namen etwas durcheinander. – Weierchen war auch auf diesem Treffen. Es ist unbeschreiblich, wenn man jemanden wiedersieht, der einen durch die erste Jugendzeit begleitet hat! Viel zu wenig Zeit bleibt, um an gehabte Gemeinsamkeiten zu denken und geliebte Erinnerungen aufzufrischen. Dankbar bin ich, daß alle erzählten wie schön es in Lonschken war und wie nett die Eltern gewesen wären.

Sobald sich die Erwachsenen nach dem Mittagessen mit dem Mokka ins Herrenzimmer zurückzogen, stürmten wir in die Küche. Obwohl wir reichlich satt waren, gnaschelten wir noch ein bißchen bei den Mädchen herum und blieben noch bis nach dem Abwasch.

Hanne, das Geflügelmädchen, wusch die vielen Töpfe in gesonderter Zinkwanne. Nachmittags, wenn wir draußen spielten, liefen wir ans ebenerdige Küchenfenster und kriegten nette Worte und Schmalzbrot. Nach dem Abendessen rannten wir sofort wieder in die Küche, denn dann war es besonders schön. Da saßen die Mädchen mit der Köchin in aller Seelenruhe und aßen. Außer an Wochenenden gab es abends Warmes, Bratkartoffeln mit Weißsauer, Bauernfrühstück, Schusterpastete, Grieben und im Sommer viel, viel rote Grütze, Kirschen oder Erdbeeren mit Milch. In der Küche stand gemütlich die Pfanne mit Bratkartoffeln mitten auf dem langen Tisch, und wir durften mitessen. Weil wir dabei unermüdlich quasselten, da in geliebter Umgebung, und auch sicher vieles falsch wiedergaben, was wir im Eßzimmer nicht richtig verstanden hatten, kriegten wir von den Eltern zur Auflage, nichts Betriebsinternes brühwarm den Mädchen zu berichten. Das versprachen wir und durften weiterhin dem Drang zur Küche nachgeben. – In Abständen von drei Wochen wurde Brot gebacken. Der Sauerteigtopf, braun und überquellend weiß bekleckert, sorgte für ein gutes Aroma und war das Treibmittel. Wie in „Max und Moritz" der Bäckermeister, hantierten die Mädchen mit dem Schieber im Backofen. Es wurde viel Brot gebraucht, weil die Handwerker mit beköstigt wurden. – Alle paar Wochen rückten ein paar Frauen aus dem Dorf an, und die große Wäsche fand statt. Früher wurde noch auf der Wiese gebleicht, sogar im Mondschein und mit Wache. Später wurde die Wäsche auf den Bleichplatz gehängt. Die Waschfrauen waren sehr nett und hatten viel mit den Mädchen zu erzählen, sodaß die große Wäsche gern gemacht wurde. Dabei wurde auch gesungen. Gebügelt wurde mit Bolzeneisen. Die Eisenbolzen wurden im Herd erhitzt und kamen hellrotglühend in die Eisen. Die Wärme hielt recht lange vor, der nächste Bolzen wurde inzwischen erhitzt. So war die Küche warm und im Sommer sehr heiß. Bettwäsche und Handtücher aber wurden gemangelt. Das war für Fremde ein Erlebnis! Mittels Kurbel bewegte man ein Riesenholzgestell, gefüllt mit Pflastersteinen, ca. zwei Meter hin und her. Zuvor hatte man die Wäsche um die zwei Rollen gewickelt, die man mutig am Wendepunkt unter den Steinkasten schob. Ich hatte

die Angst im Nacken, es könnte mal einer zu früh die Kurbel drehen. Sicher war es nicht so gefährlich wie man es sich als Kind vorstellte. Jedenfalls wurde die Wäsche durch dieses System schön glatt. Manchmal durften wir sogar auf dem Plastersteinkasten mitfahren.

Zweimal im Winter wurde geschlachtet. Obwohl mir klar war, daß es bei solchem Betrieb nötig war, konnte ich mich nicht dran gewöhnen. Meine Eltern hatten dafür Verständnis. Ich durfte im Herrenzimmer bleiben, während mehrere Tage lang fröhliche Gesänge aus der Küche heraufschallten. Meine Schwestern halfen beim Kleinschneiden von gekochtem Fleisch und Speck für die Wurst. Ich versuchte es anfangs auch, aber alles roch nach Blut, Fett und Därmen, dazu hatte ich schlecht geschlafen, weil ich dauernd an den Schlachtakt als solchen denken mußte. Jedenfalls wurde mir so schlecht, daß ich seitdem eine Sonderstellung genoß: Es war mir peinlich, aber ... ich brauchte nie mehr beim Schlachten zu helfen!!

Sonst gab es keinen Tag, wo man mich von der Küche hätte fernhalten können. Zu meinen ersten Erinnerungen gehört „Littachen", ein hübsches kraushaariges Mädchen, das oft mit uns Verstecken spielte. Wir konnten gar nicht genug davon kriegen und quälten das arme Littachen selbst sonntags und in ihrer wenigen Freizeit. Sie zeigte uns ein gutes Versteck unter der, wie ein Pfahlbau angelegten Veranda. Zu Ostern bastelte sie aus Kreppapier wunderhübsche bunte Körbchen, die in jedem Jahr wieder genommen wurden.

Im Sommer war Beerenzeit, und die Köchin oder Muttchen, später Rosemie, standen abwechselnd in der Küche und kochten ein. Der Stellmacher hatte für den Riesenmessingkessel einen hölzernen rechtwinkligen Apparat gezimmert, mit dem man von abseits des heißen Herdes die Marmelade rühren konnte. Das Einkochen dauerte viele Stunden. Abends spürten alle Hilfskräfte ihre Füße, weil die Küche Ziegelfußboden hatte, der in Herdnähe uneben ausgetreten war. Zweimal im Sommer mußten wir mit allen Mädchen in den Wald gehen, Waldhimbeeren zu suchen, deren spezifisches Aroma die Gartenhimbeer-Marmelade weit

verbesserte. Es war ein mühsames Geschäft, und manchmal wurden wir von einem Gewitter überrascht.

In der Erntezeit gingen die Hausmädchen nachmittags mit aufs Feld, und wir brachten ihnen zur Vesperzeit Brote und selbstgebrannten Gerstenkaffee mit viel Milch in grünen Glasflaschen. Wie froh waren wir, daß wir mittrinken durften.

An Nachmittagen der dunkleren Zeit putzten die Mädchen Silber, die Lampen und vor allem die dauernd angeblakten Zylinder. Es war eine ruhige Zeit, und es wurden in der molligen Küche viel Geschichten erzählt, am beliebtesten waren die „ehrlich selbst erlebten"! Meine Schwester und ich verstanden jedes Plattdeutsche Wort, und in der Küche war es uns auch erlaubt, mal Platt zu reden. Muttchen als „Eingeheiratete" hat diese Sprache nie erlernt.

In der Adventszeit spitzte sich die schaurig-schöne Dämmerungsküchenatmosphäre noch zu. E sgab mancherlei heidnische Bräuche, von den alten Pruzzen übernommen, und viel Aberglauben. Kurz vor dem 24.12. aber erschien der Neujahrsbock, der wie sein Name sagt, zu Neujahr hätte kommen müssen. So oft war er schon vor Heilig-Abend unverhofft dagewesen, daß man ihn umtaufte in „den Schimmel". Nicht nur als Kind fand man ihn unheimlich. Schon eine Woche vor dem Fest zuckten wir alle um die Abendstunde in der Küche bei ungewohnten Geräuschen zusammen. Der Schimmel?? Und dann Poltern an der Tür! Die Kostüme bestanden eigentlich nur aus Laken, die Personen samt Gesichtern waren darunter versteckt. Man wußte gar nicht, wer da so grotesk sprang, wieherte knurrte. Es gab den Schimmel, den Bock, den Storch und den Bären, letzterer völlig in Heu eingewickelt. Dazu spielte ein alter Mann Teufelsgeige. Bock und Storch, mit langem Holzschnabel übrigens, stießen und schnappten nach den Mädchen, der Köchin oder uns, probierten auch, ins angrenzende Mädchenzimmer einzudringen, was diese laut kreischend zu verhindern suchten. Der Schimmelreiter, auf Besen mit Laken sitzend, sprang elegant über Küchenschemel. Es war laut und unwirklich; der Bär tanzte und verlor überall Heu, Peitschen knallten, und nachdem unser Vater reichlich Geld und Schnapsflaschen überreicht hatte, zog sich endlich der Spuk zurück. Wenn man erschöpft Luft holen wollte, konnte es passieren, daß der Schimmel nochmals wiehernd und auskeilend hereingaloppierte und nach den Mädchen griff. Es war derart aufregend, daß man selbst als Erwachsener in der Weihnachtszeit am liebsten nur zu Zweit oder Dritt durch die Küchenflure ging.

Jedes Gut hatte solch einen Neujahrbockspuk. Wenn aber fremde „Schimmel" nach Lonschken wollten, um abzusahnen, soll es an der Grenze eine große Keilerei gegeben haben. Es wurde auch gar nicht gerne gesehen, wenn beim Erntefest, das alljährlich im schön geschmückten Wagenschauer stattfand, sich „Fremde" von den Nachbardörfern einfanden: „De hebbe hier nuscht verlore", hieß es. Dennoch wagten es einst zu später oder ganz früher Stunde ein paar Unterschweizer aus Julienfelde, was für die gerne tanzenden Weiblichkeiten sicher abwechslungsreich war. Die Lonschker Männer aber sahen es anders, und so endete der auswärtige Besuch mit der üblichen Schlägerei und blauen Augen.

Die Schweizer hatten ohnehin den Ruf, etwas ruppiger zu sein als die Pferdegespannführer. Die tägliche Arbeit bei der Viehherde erforderte eben rauhere Töne im Stall oder sommers auf der Weide. Unser Schweizer hatte zwölf Kinder, wovon die ältesten schon als Unterschweizer arbeiteten. Es wurden auch Unterschweizer von auswärts eingestellt. Alle trugen rot-weiß gestreifte Hemden und setzten ihre dunklen Schirmmützen verkehrt herum auf, weil sie sich so besser beim Melken an die Kuh schmiegen konnten. Ein anderes Wahrzeichen war der allzeit umgeschnallte einbeinige Melkschemel.

Wenn der 3. Mai nicht gerade ein Sonntag war, ließ mein Vater für Muttchen als Geburtstagsfreude das Vieh austreiben, das dann bis zum Herbst auf den Weiden blieb. Zuerst durften die Kühe heraus. Sie waren nach dem Winter im dämmrigen Stall wie geblendet, standen einen Moment still, wähnten sich noch angebunden. Dann aber spürten sie die Luft, Licht, Freiheit und begannen zu brüllen, springen und zu laufen. Damit niemand zu Schaden kam, wurde am Austriebstag nicht gearbeitet, sondern alle halfen abzuschirmen. Nach einiger Zeit, wenn sich die Herde beruhigt hatte, führten die Schweizer sie zur Weide. – Als nächstes kam das Jungvieh in gleicher Weise aus den Ställen. Es wurde, wenn es nicht mehr so aufgeregt war, zu einer anderen Wiese gebracht.

Der Höhepunkt war, wenn nun die Fohlen herausdurften. Genau wie die Kühe standen sie zunächst überwältigt da. Dann wurden sie vom Glücksgefühl vorwärtsgetrieben und jagten über den Hof. Die Stuten mit den diesjährigen Fohlchen kamen als Letzte an die Reihe. Sie waren besonnener, kannten schon alles von den Vorjahren; die Hietscherchen aber wieherten, drängten sich an ihre Mütter, machten kleine staksige Sprünge und staunten. Selbst als wir in Insterburg zur Schule gingen, wurde es möglich gemacht, daß wir beim Viehaustrieb dabei sein konnten. Es war ein Erlebnis.

Viele andere geliebte Dinge fielen gottlob in die Ferien. Vor Ostern z.B. zogen wir mit Vetter Harald und den Dackeln in den Wald, um Leberblümchen zu suchen. Unser Garten war voller Schneeglöckchen, und Muttchen brauchte für die Tischdekoration noch Moos und das Blau der Leberblümchen. Wir kannten eine Stelle, weit entfernt, in der Nähe der Kleinbahnschienen, wo diese Blümchen und auch Seidelbast wuchsen. Es waren oft noch Schneereste im Wald, und man konnte sich die Schuhe im Sumpf vollschöpfen, aber wir zogen los und waren sehr glücklich. „Frühlingserwachen, Licht, Luft, Land und Osterferien!!"

Das Osterwasser, mit dem man sich waschen muß, um schön zu werden und gesund zu bleiben, holten in Lonschken die Hausmädchen. Wenn sie sehr zeitig zur Ilme gingen, kein Wort miteinander sprachen, den Blick nach Osten gerichtet, konnten sie das Glück haben, das Osterlamm um die aufgehende Sonne springen zu sehen. Vor jeder Zimmertür stand dann ein Eimerchen mit eiskaltem Osterwasser. Gefürchtet war das „Schmackostern". Mit ein paar Birkenzweigen trieb man einen Schlafenden unsanft aus dem Bett, indem man schrie: „„Oster, Schmackoster, paar Eier, Stück Speck, sonst geh ich nicht weg!" Am besten legte sich jeder vorbeugend am Abend vorher schon etwas zum Geben bereit. Als wir Kinder älter wurden, verbarrikadierten wir unsere Zimmer, schmackosterten aber selber gern die Gäste oder Mädchen.

Von Himmelfahrt bis nach Pfingsten hatten wir auch Ferien. Das war der nächste ersehnte Lichtpunkt im Dasein eines Pensionskindes, und dann gab es ja bald Sommerferien.

Viele, viele Jahre gingen wir mit den Eltern zum „Binden". Im Sommer, wenn das Getreide angehauen wird, also am ersten Ernte-tag, wird „gebunden". Vater, Mutter, Rosemie, Ursel und ich gingen also früh zum Feld. Gleich löste sich aus den Leuten eine Frau mit Kopftuch, kam zu uns und sagte immer das gleiche Gedicht auf:

„Ich tu mir überwinden, Herrn Rittmeister zu binden mit einem Band von Korn,
er is jewachsen zwischen Distel und Dorn,
er is jewachsen unter Schnee, Hagel und Regen,
wir wünschen Herrn Rittmeister viel Jlück und Segen."

Dabei befestigte sie ein paar Ähren mit schwarz-weiß-rotem Band an Vaters Oberarm, bevor sie zu Muttchen ging:

Ich tu mir überwinden, die jnädche Frau zu binden . . ."

Bei Rosemie „tat sie sich überwinden, jnädches Fräulein zu binden", bei Ursel war es noch „Fräulein Urselchen" und bei mir „Jittchen zu binden".

Diese Ährenbändchen hoben wir uns bis zum nächsten Sommer auf. Manchmal ulkten wir hinterher über den Spruch: „mit einem Band von Korn, er ist gewachsen". Warum eigentlich „er"? Wer? der Korn? oder der Herr Rittmeister???

Im Grunde aber war das Binden ernst und wichtig, versprach eine gute Ernte, und am Abend dieses Tages feierte man im Dorf. Das richtige Erntefest war später, wenn alles eingefahren war und die Leute die Erntekrone brachten, die dann ein Jahr im Flur hing.

In den Herbstferien fingen die langen gemütlichen Abende in Lonschken an. Oft standen wir bis zur Dunkelheit am Gartentor und hielten Ausschau nach Zugvögeln. Die Störche waren schon am 28.8. weggeflogen, die Schwalben Mitte September. Kraniche und Wildgänse zogen viel später, und ihre wehmütigen Schreie machten gleichzeitig traurig und sehnsüchtig. Lief man dann schnell ins Haus zurück, umfing einen Wärme und das beglückende Gefühl, kein Zugvogel zu sein, sondern ganz fest hierhinzugehören.

Die Adventszeit war zu Hause so schön wie überall. Muttchen zündete sogar Montag früh die Kerzen am Adventskranz an, und wir konnten das Licht noch eine Weile sehen, wenn der Kutscher uns zum Bus fuhr.

In diesen Zeitraum fiel das große Gänseschlachten, weil die Weihnachtspakete ins Reich geschickt werden sollten. Im Gefügelhof gab es eine Unmenge von Hühnern, an hundert Enten, die auf dem Teich gehütet wurden, Puten und Perlhühner, aber keine Gänse. Es bestand von den Vorfahren her ein Abkommen mit den Leuten im Dorf, daß im Herbst jede sechste Gans an den Gutsherrn abzugeben wäre. Dafür kriegten die Tiere Futter vom Deputat, die Weide frei und wurden auf den Stoppelfeldern gehütet. In den Stall am Hühnerhof zogen also im Herbst so ca. vierzig Gänse ein. Vom Schlachten bemerkten wir Kinder nur, daß einige Frauen aus dem Dorf kamen, um zu rupfen. Viele Feder- und Daunenbetten werden im Laufe der Jahrzehnte entstanden sein. Gänseklein und Weißsauer wurden hergestellt, im Dorf aßen die Leute gern Schwarzsauer. In der Pension gab es oft „Saure Grütze mit Wickelfüßen", entsetzlich ! Meine Mutter verarbeitete Keulen und Brüste zu Spickgans, die selbst geräuchert wurde. Späne für die Räucherkammer lieferte der Stellmacher. Eine Delikatesse war für uns der geräucherte Gänsemagen, den man gerieben auf Butterbrot aß.

Jede Familie im Dorf hatte auch eine Kuh, die Handwerker und der Kämmerer zwei, und es gab die große „Leute-Wiese", wo diese Kühe weideten. Kamen die Frauen zum Melken, gingen die ihnen gehörenden Tiere auf sie zu. Ich fand das erstaunlich; mit Schürze und Kopftuch sahen sich alle recht ähnlich.

Jn der Küche wurden in der Adventszeit Mengen von Pfefferkuchen, Zuckernüssen und Mandelplätzchen gebacken und in der Stube vor der Vorratskammer mit Rum- oder Schokoladenguß verziert.

Kurz vor dem Fest wurde Marzipan gebacken. Weil es nur Oberhitze haben durfte, was bei dem großen alten Herd nicht zu bewerkstelligen war, wurden auf ein erhöhtes Gestell Bleche mit glühenden Kohlen gesetzt, auf dem Tisch darunter lag das Marzipan. Die Mädchen und wir schwenkten Backbretter und erzeugten so

Luftzug, der die Glut anfachte und erhielt. Die heißen Bleche strahlten Hitze nach unten, und das liebevoll eingekerbte, geformte Marzipan wurde allmählich gebräunt. Später füllten wir es mit Guß aus Puderzucker und Rosenwasser.

Kurz vor Weihnachten war an einem Abend Gottesdienst in der Abelischker Schule, weil es zur Kirche nach Karpowen viel zu weit war. Manchmal wurden wir als „Engel" zum Krippenspiel der Schule gebeten, weil unser Hochdeutsch etwas klarer war. Das war sehr aufregend, zumal der Inspektor vorher andeutete, er würde uns bestimmt durch seine Fratzen zum Lachen bringen.

Am Tag vor dem Fest wurden im Eßzimmer die Handwerker, der Kämmerer und die Waschfrauen beschert. Muttchen spielte Klavier, alle sangen die alten Lieder, kriegten dann bunte Teller, Schnaps, Tabak, Kleiderstoffe, Hemden, Seife u.a.

Obwohl nicht erwünscht vom Ortsgruppenführer in Abelischken wurden in Lonschken auch die Kriegsgefangenen beschert. Ich sehe noch wie Muttchen die Liste abhakte und wie dankbar die Gefangenen für eine Unterhose und ein bißchen Süßes waren.

Vormittags am Heiligen Abend schmückten die Eltern den Tannenbaum im Saal. Muttchen hatte einen Wachsengel für die Spitze mit in die Ehe gebracht. Es war schwer für Vater, ihn hoch oben zu befestigen. In späteren Jahren schmolz ihm ein segnender Arm dahin, weil die vielen, vielen Kerzen ihn erhitzten. Behutsam wurde er stets wieder repariert. Der Weihnachtsbaum wurde mit Lametta und kleinen Dingen immer in gleicher Weise geschmückt, in der untersten Etage hing etwas Süßes für die Dackel. Hinter dem Baum hatten noch Stühle Platz, wenn man sich mit geschenktem Buch zurückziehen wollte.

Einmal habe ich eine neue Geige gekriegt,und die hatten die Eltern hinter den Baum gehängt. Ich weiß noch genau wie das blanke rötlichgoldene Holz durch Tannengrün und Lichterglanz funkelte. Vor Freude konnte man gar nichts mehr sagen.

Im Saal waren die Geschenktische aufgebaut. Während mein Vater die Kerzen am Baum mit langem Bambusstab anzündete, sangen wir am Klavier Weihnachtslieder. Dann ertönte ein Glöckchen, und die Flügeltüren vom Herrenzimmer zum Saal wurden geöffnet:

Von Größe und Glanz des Tannenbaums mit seinen weitausladenden Zweigen, war man überwältigt. – Zuerst wurden die Dienstmädchen beschert, die bald aufbrachen, weil sie nach Hause ins Dorf wollten. Unsere Eltern und wir, mit irgendeiner alten Tante, feierten dann besinnliche Weihnachten. Muttchen sagte, es wäre erst vollkommen, wenn man vor Müdigkeit über die eigenen Füße fiele!

Es folgten für alle im Haus ruhige, gemütliche Tage. Man hielt sich gern an alte Bräuche aus der Pruzzenzeit, die es verboten, Wäsche zu hängen, Erbsen zu kochen oder unnötige Arbeiten zu verrichten. Dagegen mußte man sich dringend Träume aus den zwölf Wotan-Nächten bis zum 6.1. merken und in der Küche diskutieren. Denn das, was man träumte, traf im neuen Jahr garantiert ein!

In großzügiger Art legten wir alles aus, wie auch beim Bleigießen zu Sylvester. Gottlob hatten die alten Pruzzen nichts gegen Berliner Pfannkuchen gehabt, und so wurden die in großen Mengen, teils mit Marmelade, teils mit Mostrich gefüllt, zum Jahreswechsel gebacken. Auf Brotscheiben tropfte das Fett des Schmalzgebackenen ab, und diese Stücke waren ein Leckerbissen für den Hofhund.

Anfang Januar begannen die Jagden. Es gab sehr viel Wild in Ostpreußen, und so hatten die winterlichen Jagden, die rundum auf den Gütern stattfanden, zur Eindämmung der Wildschäden einen Sinn. Als Kinder erschöpfte sich unsere jagdliche Aufgabe darin, daß wir zum Waidglück der Schützen vorher über die Gewehre springen mußten. An der oft sehr langen „Strecke", die nachmittags vor der Freitreppe abgenommen wurde, Füchse, Fasanen und Hasen, hatte ich keine Freude mehr, aber die anschließenden Feste waren wunderschön. In Lonschken fanden sie im Saal statt.

Während des Krieges, als die Schützenkette kürzer war, weil viele Landwirte an der Front waren, mußten wir manchmal mit und „auf Haken" stehen.

Ganz unwaidmännisch freute ich mich einmal, als ein alter Herr neben mir sein Gewehr auf dem Schlitten vergessen hatte, während die getriebenen Hasen auf uns losstürmten. Ich tröstete den alten Schützen mit der Erbsensuppe, die zum Aufwärmen aufs Feld gebracht worden war.

Meine Mutter hatte auch keine Jagdpassion. Vater zuliebe begleitete sie ihn im Frühling auf Enten oder Schnepfen, konnte sich aber nie überwinden, auf einen Bock mitzugehen. Das Ansitzen kam ihr so heimtückisch vor. Ich bin da erblich sehr vorbelastet!

Ein Gegensatz war Onkel Fritz, Muttchens Vetter, der in jedem Jahr einen Bock frei hatte. Es war für ihn „Höchster Genuß, auf die Pirsch zu gehen" wie er es nannte, und Tante Dorchen, seine Frau, traf Vorbereitungen, ihn mit Wollsocken usw. gut auszurüsten. Wir Kinder amüsierten uns darüber. Für uns blieb Onkel Fritz, bei dem wir ein Jahr lang in Insterburg in Pension lebten, der auch unser Hausarzt war, ein bißchen „Städter".

In Lonschken verlief ein neues Jahr sehr ähnlich wie das vorangegangene. Zu bestimmten Zeiten kamen sogar die Stammgäste, wie zu Ostern ein alter Oberst mit seiner Frau, zu Pfingsten Bankdirektors aus Insterburg mit zwei Söhnen. Mit letzteren konnten wir Kinder nicht viel anfangen, fanden sie verpimpelt. Aber es erfreute uns sehr, wenn die elegante Bankdirektorsfrau sich bei jedem Vierklee, das sie erspähte, flach auf die Wiese legte, um es mit dem Munde zu pflücken. Nur so brächte es Glück!

Den Oberst und seine Frau mochten wir, obwohl er derart schwerhörig war, daß die Unterhaltung anstrengte. Gierig und immer wieder baten wir unseren Vater um die Geschichte aus dem 1. Weltkrieg. Als nämlich eine Granate in unmittelbarer Nähe des Unterstandes einschlug, sagte der Oberst freundlich: „Herein!"

Die einzige Schwester unseres Vaters war mit einem Gutsbesitzer bei Benkheim verheiratet. Man besuchte sich gelegentlich, oder wir trafen uns in Jägershöh. Die Tochter war älter als wir, und eigentlich erst als wir erwachsen waren, entspann sich ein nettes Verhältnis. Das Gut Wilhelmshöh lag nicht weit von Lötzen, wo ein Vetter, Onkel Harald, als Kommandeur der schweren Artillerie stand. Er war der Lieblingsonkel von uns in Lonschken. Unverheiratet, allzeit vergnügt und lärmend, tauchte er oft in seinem Hanomag-Cabrio auf. Er schmückte sich gern mit seinen Nichten und nahm uns alle drei im winzigen Hanomag zu kleinen Rundfahrten mit. Es störte uns gar nicht, daß wir brüllen mußten, weil er schwerhörig war. Ob ihm das die Artillerie eingebracht hatte?

1943 wurde er in Rumänien bei Jassi als vermißt gemeldet. Wir haben Onkel Harald sehr geliebt. Meine Schwester Rosemie und die Cousine aus Wilhelmshöh wurden oft zu seinen Regimentsfesten eingeladen, oder er kam mit Adjutant und Freunden nach Lonschken und sorgte so für Unterhaltung der tanzfähigen Nichten. Ursel und ich guckten ein bißchen neidisch zu. Wir trugen noch gerippte Strümpfe, während die hübsche Cousine aus Insterburg – nur wenig älter – mittanzen durfte.

Dafür hatten wir aber die Kindergeburtstagsfeiern. Aus Polleiken, Gnie, Hochlindenberg, Charlottenruh kamen unsere Gäste, teils selbst Pony-Wagen lenkend, teils mit Kutscher, Lehrerin oder noch Kinderfräulein. Sie waren alle ungefähr in unserem Alter, und zu den Geburtstagen der anderen fuhren wir dann hin. Im gleichen Milieu aufgewachsen, hatten wir ähnliche Interessen, liebten besonders, im Freien zu spielen, machten Streiche und Dummheiten und lehnten gemeinsam ein schüchternes Mädchen ab, das an der Hand seiner Lehrerin nur abseits blieb. Die Arme soll aber später sehr selbständig geworden sein. – Als wir zum Lyzeum mußten und die Gutzeit-Jungen auf die Hermann-Lietz-Schule nach Spiekeroog, trafen wir uns nur noch in den Ferien. Dafür aber brachten sie und wir Freunde mit. Vater Gutzeit war reizend und verständnisvoll.

Er verhalf mir mal zu einem Rendezvous mit einem Spiekeroog-Freund, indem er ihn nach Insterburg schickte, um Maschinenteile zu besorgen. Das war damals sehr ungewöhnlich. Unsere Eltern erzogen uns streng, was Moralbegriffe anlangte. Allein wegen des heimlichen Kinogangs mit Achim kam ich mir ein bißchen „verrucht" vor.

Von den Originalen, die in regelmäßigen Abständen in Lonschken auftauchten, war am bekanntesten der „Dichter Neumann". Er las nach dem Essen etwas aus seinen „Werken" vor. Als er einmal wieder begann: „Klick, klack, schlugen die Wellen ans Ufer ..." und mein Vater meinte, dieses schon mal irgendwo gehört zu haben, antwortete der Dichter Neumann: „Ach Jottchen, ich dacht Sie würden ihm nicht kennen!"

Die Flickerjule war auch recht bekannt, eine alte Landstreicherin, die ihr Hab und Gut mit sich schleppte, sich mal im Holzkeller oder

Heu ausschlief und gut gefüttert weiterzog. Sie schielte so gewaltig, daß man nicht wußte, in welches Auge man gucken mußte, wenn man mit ihr sprach.

Dann gab es noch die Fischfrau, die mit einem Pferdefuhrwerk ihre Ware herumkutschierte. Vermutlich kam sie aus dem Seengebiet, das bei Nordenburg anfing. Da das aber für eine alte Frau mit altem Pferd eine weite Reise war, dazu der Sommer heiß und die Kühlmöglichkeiten minimal, meinten böse Zungen, „die Fisch-Paulatsche würde bald kommen, es röche schon so!"

Früher waren viele Zigeuner mit Planwagen und kleinen Pferdchen unterwegs. Da Messer und Scheren in Lonschken selbst geschliffen wurden, entweder von Stellmachers Schleifstein oder an den Holzschwellen der Küche, bettelten die Zigeuner nur. Sie hatten immer viele Kinder dabei. Unsere ängstliche Mutter scharte uns Drei um sich, wenn wieder Planwagen auftauchten. Es hatte nämlich mal eine Zigeunerin, als sie meine schwarzhaarige zierliche Schwester Ursel, genannt „Schwärzchen" sah, begeistert ausgerufen: „Schönes Kind, könnt meine sein!" Standhaft hielten sich die Gerüchte, daß Zigeuner kleine hübsche Kinder entführten und zum Betteln einsetzten. Wir wurden zur Vorsicht gemahnt!!

In der Adventszeit erschien in jedem Jahr ein alter Mann, der auf einer großen Ziehharmonika Weihnachtslieder in der Küche vorspielte. Dafür dankten ihm alle und steckten ihm was zu. In den Kriegsjahren kam er nicht mehr, und wir haben ihn vermißt. Er gehörte einfach zur vorweihnachtlichen Zeit wie „der Schimmel", nur war er bei weitem nicht so unheimlich.

1937 begannen unsere Insterburger Jahre. Es ist nicht so, daß wir nun ständig bedrückt und heimwehkrank dagesessen hätten. – Vieles war sehr schön zu jener Zeit, und ich denke gern zurück.

Zum Eingewöhnen und bis eine gute Pension für uns gefunden wurde, wohnten wir bei Onkel Fritz, Chefarzt des Krankenhauses, Tante Dorchen und den Kindern Christa und Harald. Vetter Harald war uns sehr vertraut, denn als Onkel Fritz wegen einer schweren Kopfoperation wochenlang verreisen mußte, hatte Harald in

Lonschken mit uns gelebt. Tante Dorchen und das Hausmädchen Meta waren in ihrer lieben Art dazu angetan, unser Heimweh abzuschwächen. Harald animierten wir zu wilden Lonschker Spielen, und er bemühte sich, zu sein wie wir ihn wollten. So versuchte er, von außen in ein Fenster der Wohnung, Brauereistraße 1, einzusteigen, was Ursel und ich ihm leichtfüßig vormachten. Leider klappte es bei ihm nicht, und er hatte tagelang Verbände an den aufgescheuerten Oberschenkeln. Mit der Zeit wurde er uns lieb wie ein Bruder, und das blieb so bis er 1944 in den letzten Kriegstagen in der Lüneburger Heide gefallen ist. So sinnlos erscheint mir das, daß eine Einheit von blutjungen Marinekadetten einen Brückenkopf an der Aller gegen die Engländer halten sollte. Sie hatten gar keine Landtruppenausbildung und wurden total aufgerieben. Ein Heldenfriedhof ist jetzt dort an der Aller angelegt, wo Harald gefallen ist. Fast alle der Jungen sind zwanzig Jahre alt. Man könnte verzweifeln.

Damals aber waren wir fröhlich und gern zusammen, gingen ins Schwimmbad oder im Winter auf die Rodelbahn.

Als wir dann in eine Pension in der Königsberger Straße zogen, war es kein großer Unterschied, weil wir ja zu Untermanns hingehen konnten, wenn uns danach war. Von meinem Vater hörten wir den Spruch. „Eine Schule genügte mir nicht". Er hatte in Königsberg einst eine unfreiwillig verlassen müssen. So ging es uns mit den Pensionen. Wir wechselten aus verschiedensten Gründen, obwohl Pensionseltern alle etwas gemeinsam haben. Sie versuchen, ihren nicht sehr üppigen Lebensstandard durch zahlende Kinder vom Lande aufzubessern. In der Königsberger Straße gab es einen Sohn des Hauses, der studieren sollte. Also unterzogen sich seine Eltern der sicher auch nicht immer angenehmen Aufgabe, vier Landkinder in Pension zu nehmen. Man sparte ein bißchen an Heizung und Essen. Wir Kinder fanden das ganz normal, es gab Pensionen mit schlimmerem Ruf. Irgendwann gab es Differenzen mit unseren Eltern, die uns überraschend bei einer Krankheit besuchten und mit Handschuhen im Bett vorfanden, in eiskaltem Zimmer.

Das war Anlaß zum ersten Wechsel, und wir zogen zu wei ältlichen Schwestern aus Offizierkreisen, die finanziell schlecht abgesichert waren. Sie hatten außer uns noch vier junge Mädchen aufgenommen. Wir waren ein munterer Haufen, gingen zum selben Lyzeum, verstanden uns derart gut, daß wir manchen Streich ersannen, was den Pensionsdamen nicht so gefiel. Rückblickend finde ich es auch nicht in Ordnung, daß wir z.B. alle sechs die Beine zum Sonnen aus den Fenstern im Parterre hingen. Insterburg war Garnisonsstadt, und selbst in dieser abgelegenen Straße, am Schützenpark, gingen häufig Soldaten vorüber und winkten uns zu.

Der Fanfarenzug der Hitlerjugend wußte auch längst, wo die Mädchenpensionen lagen, und so erhielten wir des nachts manchmal ein lautes Ständchen, oder man erschreckte uns mit Taschenlampengeblinke, worauf wir Gequieke nicht unterdrücken konnten. – Beliebt war ein Klingelstreich. Man drückte von außen alle Knöpfe, auch den eigenen, sprang mit Hilfe der Freundin durchs offene Fenster zurück, eilte dann, die Haustür zu öffnen und schimpfte laut und gemeinsam mit allen Mietern, die vergebens gelaufen waren. Wer hatte da bloß um die Mittagszeit geklingelt??

Es gab Ermahnungen und wieder Ermahnungen. Eine Sache hätte uns fast das Genick gebrochen, ging aber gerade noch gut aus. Marianne, die fünf ältere Brüder hatte, kam abends aus dem Fenster lehnend, mit zwei Soldaten ins Gespräch, die im Vorbeigehen unser Klavierspiel gehört hatten. Der eine, Musiker von Beruf, hätte zu gerne auch mal wieder gespielt, und man überlegte, wie das zu machen sei. Wir ließen ihn klingeln, er stellte sich den öffnenden Pensionsdamen als Vetter von Ulla vor. Chic sah er aus in Uniform, und wohlerzogen gaben er und sein Freund sich. Er durfte Ulla besuchen, und bald lotsten wir ihn ans Klavier, wo er sich austoben konnte.

Einige Zeit später aber, bei einem gemeinsamen Essen mit Eltern, fingen die Damen auf einmal an, von Ullas reizendem klavierspielenden Vetter zu schwärmen. Ullas Eltern waren überrascht, denn es gab einen solchen Vetter nicht. Mit viel Durcheinanderreden konnten wir uns retten.

Marianne, als Ideenreichste erkannt, wurde bald darauf als erste ersucht, die Pension zu verlassen. Ursel und mir legte man auch einen Wechsel nahe.

So verbrachten wir die letzten Schuljahre bei einer sehr lieben älteren Dame, die auf dem Landratsamt arbeitete. Wir haben uns bei ihr wohlgefühlt und hätten sie am liebsten mit Onkel Harald verheiratet gesehen.

Die Zusammenführung in Lonschken aber, lange geplant, erwies sich in Kriegszeiten als schwierig. Es gab wenig Urlaub.

In der Schule hatten manche Lehrer Schwierigkeiten, Ursel und mich, die wir auf einer Bank saßen, auseinanderzuhalten; aber „Fräulein Thimm" war in jedem Falle richtig. Wir hatten als erste Fremdsprache Französisch bei Frl. Paulun, heimlich „Helene" genannt, kriegten ab Untertertia Englisch bei Frl. Czikowski dazu. Hatte ich in Sprachen keinerlei Schwierigkeiten, haperte es in Erdkunde und Geschichte, Mathematik bei Frl. Olga Wunder war gottlob „wundervoll". In Sekunda entschieden wir uns mit Muttchens Beratung, statt Latein lieber Hauswirtschaft dazuzunehmen. Man hatte einmal wöchentlich Kochen und zu den anderen wissenschaftlichen Fächern mehrfach Handarbeit und Erziehungsberatung. Dazu mußten wir etliche Praktika nachweisen, Säuglingspflege, Kindergartentätigkeit und Arbeit in einer kinderreichen Familie. Das ging immer von den geliebten Sommerferien in Lonschken ab. Aber man hat es durchgestanden. Ursel hat allerdings ein Jahr vor Schulende aufgehört, ist zum Arbeitsdienst gegangen, um dann im vierten Kriegsjahr als Schwester beim DRK anfangen zu können.

So baute ich am 27. März 1943 allein das Pudding-Abitur.

Daß ich im „Kochen" eine eins bekam war weiter nicht erstaunlich, denn es war schon lange Krieg, man war essenmäßig nicht mehr verwöhnt. Nun aber wurden alle Lehrer zum Kochabitur eingeladen, um zu testen und zu bewerten. Ich zog das Los „kalte Süßspeisen" herzustellen, und man deckte mich in Lonschken mit Sahne, Waldhimbeersaft, Eiern und edlem Weißwein ein, daß es ein Vergnügen war, Cremes zu bereiten. Der Direx und die Lehrer genossen alles und waren in derart gemütlicher Stimmung, daß ich Fräulein Loch fast noch einen winzigen Hinweis zur morgigen

Biologie-Prüfung (mein Wahlfach) entlocken konnte. Sie ließ mich am nächsten Tag die „Embryonalentwicklung" 3-farbig zeichnen, und auch in Englisch enstand kein Problem. Wie war ich dankbar, daß man mich nicht zu Physik und Erdkunde befragte!

Unser Vater, der schon wegen seines schlechten Gesundheitszustandes von der Wehrmacht entlassen war, war ungeheuer stolz auf mich. In seiner Familie war ich die erste mit Abitur. Die Landwirte brauchten nur das „Einjährige", das Vater in Königsberg auf dem humanistischen Gymnasium gemacht hatte. Danach besuchte er die Landwirtschaftsschule und ging erst als Eleve und anschließend als Inspektor auf fremde Güter, bevor er Lonschken übernahm.

Ein letztes Mal fuhr ich nun mit dem Bus nach Hause, sehr bewußt diesmal den Lonschker Blick hinterm Julienfelder Wald in mich einsaugend. Es war ein großer Abschluß.

Die Insterburger Zeit war beendet!

In den letzten Schuljahren waren viele andere Dinge dazugekommen, die angenehm vom Heimweh ablenkten.

Von Onkel Harald aus Lötzen hatte ich mit zwölf Jahren eine Geige bekommen, auf der er als Schüler gespielt hatte. Ich kriegte Unterricht, und nach zwei Jahren kam ich ins Streichorchester der Hitlerjugend, wo ich mich von der dritten Geige zum ersten Pult der Zweiten hochübte.

Wir waren achtundzwanzig Jungen und zwei Mädchen, und ich denke, daß man mich wohl so schnell ans erste Pult holte, weil es optisch gut aussah. Mir gegenüber in der ersten Geige saß nämlich das andere Mädchen, das einfach phantastisch geigte. Anstelle des BDM-Dienstes hatte ich nun Orchesterproben und viele Auftritte zur Umrahmung der Feierstunden von HJ und BDM. Als ich statt meiner schleifchengeschmückten „Affenschaukeln" eine „Olympiarolle" trug, entdeckte mich ein Gegenüber aus der ersten Geige. Es war Eberhard I, der mich nach dem Dienst bei Verdunklung zur Pension in der Schlageterstraße brachte. Wir waren jahrelang befreundet.

Meine Schwester Ursel schrieb sich zu der Zeit mit einem „unbekannten Soldaten". Die Adressen kriegte man in der Schule oder beim BDM. Es wurden solche Soldaten ausgesucht, die zu Hause keine Bindung hatten und an der Front durch Post von einem Mädchen aus der Heimat erfreut werden sollten. Einmal kam solch ein „Unbekannter" von Ursel mit einem Truppentransport durch Insterburg, und sie trafen sich kurz. Die kesse Marianne aus unserer Pension schrieb sich mit mehreren Unbekannten, hatte dazu noch einen Freund in Insterburg und zwei ehemalige, die jetzt an der Front waren. ich entsinne mich, daß sie große Terminschwierigkeiten bekam, als zwei zur gleichen Zeit Urlaub kriegten. Bei „Unbekannten", die höchstens mal ein Foto von der Briefpartnerin gesehen hatten, konnte allerdings eine Freundin einspringen.

Wenn mal ein Großeinkauf nötig war, etwas aus dem Delikatessengeschäft „Epha" gebraucht wurde, besuchten uns die Eltern in Insterburg. Sie parkten am Alten Markt, und wir trafen uns im „Rheinischen Hof". Nach ausgiebigem Essen und Erzählen brach man auf, um rund um den Markt Geschäfte zu besuchen. Ich ging so gerne mit! Überall waren die Eltern gut bekannt, ob es die Eisenwarenhandlung, der Delikatessenladen, die Apotheke oder der Zigarrenhändler war.
Zum krönenden Abschluß gingen wir zum Café Dünckel. Da es schier unmöglich war, sich zwischen Liebesknochen und Napoleon-Schnittchen zu entscheiden, wurde vom Vater beides bewilligt, und wir schwelgten.

Vom Krieg war in Lonschken nicht viel zu spüren. Es wurden zwar nach und nach mehr Männer zur Wehrmacht eingezogen, nachts hörte man auf der entfernten Chaussee die Motoren der Militärfahrzeuge, die nach Osten rollten, hin und wieder mußten Pferde abgegeben werden und Autoreifen, sowie Ski (unsere waren noch zu kurz). Beim schweren Luftangriff auf Königsberg klirrten in Lonschken die Fenster.

Häufiger kriegten wir nun Einquartierung, was wir sonst nur aus Manövern kannten. Als junge Mädchen fanden wir das sehr interessant. Die Offiziere wohnten im Gutshaus, die Mannschaften in den Scheunen. Auf dem Hof wimmelte es von Soldaten. In großen Mengen wurden von Rosemie, gutgelaunten Hausmädchen und allerlei Helfern Königsberger Klopse gekocht.

Wir freuten uns, wenn solche Ereignisse in die Ferien fielen. Einmal beherbergte unser Haus einen Unteroffizier, der im zivilen Dasein Tischtennismeister von Ostpreußen gewesen war. Unermüdlich ping-pongte er mit Ursel, die unser As darin war, im Saal. Wie waren wir stolz, als sie ihn besiegte! Indirekt fiel ein Glanz auf mich, weil ich gegen Ursel schon mal gewonnen hatte.

Tischtennis im Saal war überhaupt sehr beliebt. In den Herbstferien der letzten Jahre wurde eine Oberstufenklasse des Insterburger Gymnasiums zur Kartoffelernte geschickt. Es war aufregend für uns! Nach dem Kartoffelsammeln und unentwegtem Körbe in Säcke füllen, waren die Jungen keineswegs so erschöpft, daß sie nicht noch an Tischtennis oder andere Spiele hätten denken können. Anstatt sich gut auszuruhen für den arbeitsreichen nächsten Tag, zogen sie bei Nacht und wahrsten Sinne des Wortes „Nebel" los, um die Parallelklasse auf dem Nachbargut Trotczin zu erschrecken. Es war schön, dann wieder in Insterburg mal einen von „unseren" Kartoffelhelfern zu treffen.

Trotczin gehörte Skrzeczkas, einem kinderlosen Ehepaar, das uns Lonschker Töchter verwöhnte. Es gab dort eine unverheiratete Schwester „Tante Trudchen", die den Haushalt führte. Als einmal über Dienstmädchen gesprochen wurde, von denen es in Trotczin dreizehn gegeben haben soll, meinte Tante Trudchen: „Wie die Leute doch immer übertreiben! Es sind nur zwölf!" Wir nannten Skrzeczkas „Onkel und Tante Dadachen", weil Herr Skrzeczka und mein Vater sich einst über die Dadaisten-Bewegung mokiert hatten. Für uns Kinder war „Dadachen" auch so nett auszusprechen.

Während des Krieges wurden öfter von der NS-Partei Personen zur Erholung auf die Güter geschickt. So hatten wir mal einen kleinen Jungen aus Berlin, der sehr dünn und elend war und daher von allen „Pirks" genannt wurde. Wir konnten ihm schwer abgewöhnen, sich den Teller übervoll zu laden, weil das Essen ja zweimal vom Mädchen angeboten wurde. Es war als habe er Angst, nicht genug zu kriegen. Wir kontrollierten regelmäßig sein Gewicht auf der Speicherwaage. Er blieb zwar dünn, hatte sich aber erholt und ausgeschlafen, ohne Angst vor Luftangriffen.

Ein SA-Mann in Uniform rückte auch einmal zur Erholung ein. Das damals vorgeschriebene Hitlerbild wurde rasch neben den „Alten Fritz" im Herrenzimmer gehängt.

Später kriegten wir Evakuierte aus Bombengebieten, Frauen mit Kindern. Sie wohnten oben in den Gästezimmern und waren froh, nicht jede Nacht bei Fliegeralarm in den Luftschutzkeller zu müssen, Ruhe und bessere Verpflegung zu haben.

Nach dem Abi blieb nur eine Woche, sich zu Hause über alles zu freuen. Am 6. April mußte ich schon zum Reichsarbeitsdienst, RAD. Das große Abschiednehmen von allen, in Hof, Haus und Ställen ging wieder los, diesmal für eine viel längere Zeit. In vierzehn Monaten RAD lagen nur ein Wochenendurlaub im ersten Halbjahr und eine Woche Weihnachtsurlaub. Wie würden mir die Sonnabendempfänge fehlen! Wenn wir aus Insterburg kamen, wurden Biersuppe mit Schneeklößchen und weiße Bohnen mit süßsaurer Specksoße für uns aufgehoben, und das erste Schwätzchen mit den Mädchen in der Küche ging an. Dann das gemütliche Kaffeetrinken, dazu Streuselfladen, von der Köchin mit nassen Händen auf großen Blechen flachgezogen, damit er schön niedrig blieb unterm Streusel!

Die zweite Bahnfahrt meines Lebens sollte mich nach Klycken, einem kleinen Ort an der Samlandküste zum Lager des RAD bringen. Die erste Fahrt hatte ich ein Jahr zuvor mit meiner Schulklasse von Insterburg nach Königsberg zu einer Faust-Aufführung gemacht. Diesmal blieb ich auf mich allein gestellt, sollte sogar einmal umsteigen. Unter Tränenschleiern sah ich den winkenden Kutscher nach Lonschken zurückfahren.

Es ging alles gut. Ich bin sogar sehr gern Arbeitsmaid gewesen. Wir wohnten zu fünfzig Mädels in einem Barackenlager, hatten vierzehn Tage Grundausbildung und wurden dann zu Bauern als Hilfskräfte eingesetzt. Zwanzig Pfennig Gehalt gab es am Tag. Alle zwei Wochen wechselten die Arbeitsplätze. Man lernte, sich den unterschiedlichen Bauern und Wirtschaftsformen anzupassen. Eine große Ehre war, wenn die Führerin gebeten wurde, eine bestimmte Maid länger als vorgeschrieben an der gleichen Außendienststelle zu belassen. Dann war man dort als „gut" befunden worden.

Im Lager waren wir drei Abiturientinnen, aus Berlin, Allenstein und Insterburg. Uns ging der Ruf voraus, nichts Vernünftiges arbeiten zu können, eingebildet zu sein und schwer einzusetzen, weil die Bauern keine „Gelernten" haben wollten. Wir hatten eine nette Führerin, die unsere Schulbildung, wenn nötig, unterschlug. Probleme mit Überheblichkeit habe ich weder vor noch nach dem RAD gehabt. Wir haben uns im Lager gut verstanden. Ein paar Maiden blieben im Innendienst, pflegten den Lagergarten, machten die Wäsche und empfingen uns mit Essen, wenn wir abends vom Bauern heimkamen. Es waren danach gemeinsame Putz- und Flickstunden, eine halbe Stunde Freizeit, Spind aufräumen (alles auf fünfundzwanzig Zentimeter Breite), Wehrmachtsberichte wurden gehört und die Fähnchen an den Fronten auf der Landkarte versetzt. Zum Abschluß eines Tages standen alle auf dem Fahnenplatz, sangen das Abendlied und holten das Tuch ein. Gesungen wurde überhaupt sehr viel, und eine Volkstanzgruppe hatten wir auch.

Um fünf Uhr war Wecken, man lief zum Frühsport, hatte danach sieben Minuten Zeit zum Waschen, Zähneputzen, Bettenbau (aber exakt bitte!), Frühamt, wie Fegen eines Raumes, Gießen eines Blumenkastens oder Decken des Tisches. Pünktlich mußten alle zum Frühstück erscheinen. Händegebend setzte man sich gemeinsam: „Guten Morgen! Fröhlich sei das Frühstück!" Die Brote waren gestrichen und hübsch angerichtet, und hatte man ein Stück aufgegessen, mußte man (bei der Grundausbildung laut, später leise im Geiste) bis Sieben zählen, bevor man die Hand nach dem nächsten Happen ausstreckte.

Kam man ins Zimmer zurück, sah man voller Schrecken die aufgerissenen Betten, den heruntergeworfenen Strohsack. Dann hatte die kontrollierende Führerin das Bett nicht exakt gebaut befunden, und man mußte es noch einmal machen, in schrecklicher Eile, weil man gleich laufen mußte, die Fahne mit Morgengesang zu setzen. Ein neuer Tag begann!

Ich war sehr gern im Außendienst, lernte schnell Ausmisten, Melken, Füttern, Rüben verziehen und Fuder laden. Theoretisch war mir alles von Lonschken vertraut. Nur Schlachten konnte ich immer noch nicht und geriet mit der Frau des Restgutbesitzers aneinander, die fünf Hähnchen zu einem Festessen brauchte. Bei den ersten drei Tieren führte sie mir das Schlachten im Kreisschwenkverfahren am Hauklotz mit dem Beil selber vor, damit ich es erlerne. Die beiden letzten Todeskandidaten sahen zu, was in Lonschken verboten war. Gräßlich! Mir wurde schlecht, und ich höre die Worte: „Na, Sie werden im Leben noch oft schlachten müssen, wenn Sie hungern!" Gehungert haben wir später manchmal, wurde Schlachten nötig, hat ein verständnisvoller Mensch mir das abgenommen.

Im Juli kam die Nachricht, daß der Reichsarbeitsführer, Konstantin Hierl, unser Lager besuchen wolle. Großputz wurde angesagt. Probeweise gingen die Führerinnen durch die Räume. Wir lernten, uns ordnungsgemäß zu „melden", den rechten Arm gestreckt erhoben. „Heil, Arbeitsführer! Arbeitsmaid Thimm beim Aufwischen!" „Heil, Arbeitsführer! Arbeitsmaid Walz beim Tischdecken!" Und bloß nicht den Schrubber an die Wand lehnen, sondern ihn senkrecht im Arm haltend, zackig dastehen, freien Blickes.

Wer keinen langen stattlichen Zopf aufweisen konnte, mußte nach Rauschen zum Friseur. Der Reichsarbeitsführer haßte langmähnige Maidenköpfe. Obwohl das rote Kopftuch viele Stunden des Tages die Haare verbarg, ereilte auch mich das Gebot. Sieben Zentimeter Haupthaar waren zugestanden. Wie würde man wohl ausssehen? Ob ich Eberhard I. noch gefiele, falls wir uns im Urlaub treffen könnten?

Geschlossen fuhren elf Maiden per Fahrrad ins neun Kilometer entfernte wunderschöne Ostseebad Rauschen. Wir genossen den freien Tag. Ich schnitt beim Frisurenvergleich gut ab. Mir stand der kurze Putz.

Konstantin, der gefürchtete, war scheinbar sehr mit unserem Lager zufrieden. Er zündete sich eine Zigarre an, was als gutes Zeichen gewertet wurde und worauf die Führerinnen gehofft hatten. „Heil Reichsarbeitsführer! Lager 1/13 Klycken vollzählig angetreten. 48 Maiden bei der Arbeit!"

An meinem freien Sonntag fuhr ich nach Königsberg, wo mein Vater mit sehr hohem Blutdruck bei Prof. Joachim in der „Barmherzigkeit" lag. Ich saß in Uniform an seinem Bett. Es war alles so viel fremder als das Zusammensein in Lonschken. Er ist nach seiner Entlassung mit Muttchen nach Bad Kudowa zur Kur gefahren. Am Tag vor der Heimkehr ist er verstorben, einfach so, nach dem Mittagessen umgefallen. Meine Mutter war bei ihm. Sie ließ uns Kinder verständigen und veranlaßte die Überführung nach Lonschken. Einundfünfzig Jahre alt ist er geworden. . .

Ich kriegte Sonderurlaub und fuhr nach Hause. Ursel war auch schon da. Es war Juni, und alles blühte überwältigend. Die Nachtigallen (so nannten wir die Sprosser) schlugen, es duftete nach Heu und Reife wie seit vielen, vielen Jahren, und ich weiß wie unendlich traurig Muttchen war, als wir den Sarg nachts von der Bahnstation Bokellen abholten. Mein Vater war bis zur Beerdigung im Saal aufgebahrt. Die Spiegel wurden nach alter Sitte verhängt.

Meine Schwestern und ich sammelten Unmengen von Kornblumen und Margeriten. Aus den blauen und weißen Blumenköpfen fertigte der französische Gärtner einen „dragoner"-farbenen Kranz. In der Kapelle standen noch Särge von den Vorfahren und Verwandten. Irgendwie habe ich das immer unnatürlich empfunden. – Unsere Eltern wollten auch lieber in Lonschker Erde begraben werden, und so wurde es gehalten.

Nach sechs Monaten RAD mußte man sich entscheiden, ob man als werdende Führerin dabeibleiben oder Kriegshilfsdienst in Gestalt von Munitionsfabrikarbeiterin, DRK-Schwester, Luftwaffenhelferin oder Straßenbahnschaffnerin ableisten wollte.

Als Abiturientin konnte man auch in den Schuldienst gehen. Das tat ich und wurde Schulhelferin in einer einklassigen Volksschule in Kloschenen bei Friedland. Der Lehrer war an der Front, ich wohnte bei seiner Familie und mußte an Wochenenden ins nah gelegene RAD-Lager gehen, denn ich war Arbeitsmaid und unterrichtete im blauem Kleid und rotem Kopftuch.

In der Schule waren vierzig Kinder aller Jahrgänge von sechs bis vierzehn Jahren in einem einzigen Klassenraum. Ich hatte keinerlei Einführung in den Volksschullehrerberuf, fand aber gottlob das alte Klassenbuch, in dem der eingezogene Lehrer den Unterrichtsstoff jeden Tages eingetragen hatte. Ich machte es nun genau wie er, trennte das erste und zweite Schuljahr bankmäßig, setzte das dritte und vierte Jahr zusammen, das fünfte und sechste hatte er gekoppelt und das siebente und achte auch in den meisten Fächern. Eine Gruppe übte Schreiben, andere rechneten etwas, wenn ich die Großen in Heimatkunde lehrte. Dann wieder wurde es umgekehrt gehandhabt. – Den Plan dazu und den Lehrstoff bezog ich aus dem Vorjahresbuch.

Am Anfang hatte ich Sorge, ob ich mich je würde durchsetzen können. Ich war gerade achtzehn Jahre alt geworden, und im achten Schuljahr waren vier Jungen, die mich an Länge überragten, und auch nicht schüchtern waren. Es war sowieso schwer, in dieser vielschichtigen Klasse so weit Ruhe zu halten, daß man den Kindern noch ein bißchen was beibringen konnte. – Damals aber war täglich Sport angesetzt. Ich hörte es voll Entzücken, denn auf der Basis verstanden wir uns alle bestens. Selbst im Winter wurde draußen Fußball oder Völkerball gespielt, und es gab eine Menge Laufspiele für die Kleinen. Die vier gefürchteten Großen verehrten mich ein bißchen und entwickelten sich zu einer echten Hilfe, wenn ich sie bat, mal in der Klasse die Jüngeren zu beaufsichtigen oder zu ermahnen.

Im Januar 1944 sagte der Schulrat seinen Besuch an. Er war als alter Herr bei der Wehrmacht nicht mehr verwendbar gewesen und kontrollierte nun die verwaisten Landschulen. Ich war aufgeregter als die Kinder, aber alles ging tadellos. Stolz zeigte ich ihm unser Klassenbuch. Wir waren mit dem Lehrstoff haargenau so weit wie der Lehrer im Januar 1943 gewesen war. Der Schulrat tauchte, nach kräftigem Mittagessen bei der Lehrersfrau, nochmals im Klassenraum auf, wo ich gerade mit Spänen den geölten Parkettfußboden fegte. Er schwenkte ein Rohrstöckchen und empfahl mir diese Art der Züchtigung, falls die Kinder mir über den Kopf wüchsen. Das taten die Kloschener aber nur bildlich, dank der reichlichen Sportstunden!

Während der Weihnachtsferien mußte ich wieder ins Lager. Ich war nun zur „KÄ" befördert, zur Kameradschaftsältesten, einer Vorstufe zur Führerin. Wieder hatte ich eine nette Lagerleiterin; aber auch sie schaffte es nicht, mich vom Vorhaben des Medizinstudiums abzubringen und mich voll dem RAD zu verschreiben. So bewarb ich mich in Königsberg, Dorpat und Danzig um einen Platz. Ein „Ost-Semester" war Vorschrift.

Über Weihnachten gab es einige Tage Urlaub, und ich fuhr nach Hause. Es war das erste Fest ohne unseren Vater. Die tapfere Mutter aber ließ alles unverändert wie eh und je. Wärme und Lampen überall, Advendsschmuck, Plätzchenduft, Bescherungen für die Handwerker und Waschfrauen, die Kriegsgefangenen, die Wachleute. Der weitausladende Tannenbaum stand im Saal, mit dem Ramutker Engel, nur mit dem Singen der Weihnachtslieder klappte es nicht mehr, auch nicht bei den Dienstmädchen. Wir standen eng beisammen und waren dankbar, daß Rosemie auf dem Flügel spielte. Muttchen schenkten wir zwei kleine Büchsen mit rotem Kaviar, den irgendwer hatte ergattern können und den sie so liebte.

Draußen lag viel Schnee, und Ursel und ich liefen abends bei Mondschein auf den Hügeln der Wiese hinterm Park Ski. Es war eisig, sternenklar, unwirklich und schön! Wir sollten uns nicht weit entfernen, weil die Wälder schon unsicher waren im fünften Kriegsjahr, und so fuhren wir immer wieder die gleichen paar Berge runter und sangen dabei, damit man uns vom Haus aus hören konnte. – Auf einmal sahen wir oben am Weg einen Reiter und winkten ihm zu. Aber als wir hochgekraxelt waren, war weit und breit niemand zu sehen, weder Pferd noch Reiter. Wäre Ursel nicht dabeigewesen, würde ich denken, eine Halluzination gehabt zu haben. –

Zu Hause glaubte man uns „den Reiter" nicht. In der Küche aber erinnerte man sich dran, daß ja schließlich die erste der „zwölf wilden Nächte" angebrochen war.

In den nächsten Tagen wurden noch ein paar Schlittenpartien gemacht. Es gibt nichts Schöneres als eine Schlittenfahrt – Pferde schnauben, Glöckchen klingeln, man sitzt warm und gemütlich im Fahrpelz (Pelze wurden umgekehrt getragen, das Fell nach innen und waren viele Nummern zu groß, weil man mit Mantel einschlüpfte), die Landschaft weiß und unberührt, die Luft kalt und klar, die Stimmung fröhlich! Im Wald wurden auf Vaters Anordnung immer die Glöckchen von den Pferden genommen, um das Wild nicht zu stören. Wie in jeden Jahr stieß der Kutscher mit der Peitsche an überhängende Zweige, deren Schneelast dann auf die hinten Sitzenden kippte. War das ein Spaß! Die Füße wärmte ein heißer Ziegelstein.

In den wenigen Tagen in Lonschken waren wir diesmal besonders viel in den Pferdeställen. Es war die Zeit, wo die Stuten fohlen sollten, und es war nur noch ein Gestütswärter da, der sogar nachts oft bei den Tieren blieb. Wir konnten ihm helfen, als ein Fuchsfohlchen mit breiter Bleß Schwierigkeiten hatte, auf die Welt zu kommen. Es wollte und wollte nicht aufstehen, brach immer wieder zusammen. Als es schließlich doch neben seiner Mutter stand, freundlich angestubst wurde und Milch suchte, hätte ich vor Glück heulen können. Und wieder dachte ich, daß für mich nur „Tiermedizin" in Frage käme. Es war mein letztes Weihnachtsfest in Lonschken!

Im Februar darauf kriegte ich Nachricht, daß ich mich zum Studium in Danzig einschreiben könne. Um die Ausleseprüfung kam ich herum, weil ich im Schuldienst u.k., unabkömmlich, gestellt wurde. Ich war heilfroh, denn es gehörte zur Prüfung eine „Mutprobe". Man mußte eine Kopfsprung vom Fünf-Meter-Brett in ein Schwimmbecken vorführen. Ich dachte daran, welche Überwindung mich einst schon ein Fußsprung aus zehn Meter Höhe in Jägerhöh gekostet hatte. – Wahrscheinlich wäre ich, an dieser

Klippe scheiternd, nie nach Danzig gekommen. Im ersten Semester mußte man auch den Grundschein nachweisen. Ich hatte ihn nicht und war schlecht im Streckentauchen.

Die Entlassung vom RAD überschnitt sich mit dem Semesterbeginn. Ich fuhr trotzdem noch ein paar Tage nach Lonschken.

Die Singer-Nähmaschine ratterte unentwegt. Muttchen steuerte mich mit Kleidern und Unterwäsche für Danzig aus. Dabei führten wir lange Gespräche. Es war schwer, ihr die Angst zu nehmen, daß mein Monatswechsel zu niedrig sei. Ich traute mir zu, einteilen zu können.

Es ging dann auch sehr gut. Ein Zimmer fand ich schon am ersten Tag; es war billig, weil eine Studentin mitwohnte. Durch Zufall kriegte ich im gleichen Haus eine kleine Nachhilfeschülerin im dritten Schuljahr, sodaß ich Muttchen schreiben konnte, wie üppig ich würde leben können.

Als ich gleichermaßen verzweifelt war über mein Versagen beim Tieftauchen für die Schwimmprüfung als über meine Leistungen in Physik, lernte ich „Brüderchen" kennen, einen Studenten aus dem vierten Semester der Danziger Studentenkompagnie. Er nahm sich meiner rührend an. Obgleich Berliner, kannte er die Stadt schon recht gut und zeigte mir die wunderschöne Altstadt, das Krantor und die vielen Ostseestrände. Ein paarmal hörten wir Konzerte in der Marien-Kirche. Man fühlte sich in dem gewaltigen Bau dem lieben Gott sehr nahe fand ich.

Mit Brüderchens Hilfe fiel mir Physik leichter, auch in Latein, das ich wegen des Pudding-Abis nachholen mußte, stand er mir bei. Meist aalten wir uns während dieser „Nachhilfen" am Strand, von Heubude, mit der Straßenbahnlinie „4" leicht zu erreichen.

Hatte ich in Insterburg Eberhard I. durch den Spiekerooger Sommerferiengast beunruhigt, paßte es Brüderchen nicht so sehr, daß Vetter Harald auftauchte. Harald war auf der Westerplatte bei Gdingen als Seekadett stationiert und besuchte mich öfters. Durch Lonschken hatten wir ein sehr vertrautes Vetrhältnis.

Es war ein sonniger Sommer. Ich habe dieses, mein erstes und einziges Semester, als etwas Köstliches in Erinnerung.

Im August gab es Ferien. Ich meldete mich zu einem Lazarett in Insterburg. Die Reservelazarette, wo Ursel arbeitete, hatten gerade genügend Hilfskräfte. So teilte man mich einem Feldlazarett zu, das zur Auffrischung nach Verlusten an der Ostfront, zwei Wochen in der Zieten-Kaserne lag. Ich hatte Gelegenheit, noch einmal nach Lonschken zu fahren. Muttchen war entsetzt, daß ich in einem Feldlazarett arbeiten sollte, dabei hatte ich die Oberin selbst drum gebeten. Wir wollten im Krieg alle etwas leisten und helfen, wo es am nötigsten war. Die Armmeeoberin ließ sich erweichen, obwohl man im Feldlazarett einundzwanzig Jahre alt hätte sein müssen. Ich war neunzehn, hatte aber wegen des „Famulus" einen Sonderstatus. So durfte ich beim Feldlazarett mot 188 unter Feldpostnummer .... bleiben. – In Danzig hatte ich die DRK-Grundausbildung gemacht, nun zeigten mir die neun Schwestern viel Praktisches.

Anfang September kamen wir zum Einsatz nach Libau. Muttchen hatte eingewilligt, als ich sie daran erinnerte, daß unser Vater vom ersten Tage des Krieges an als Freiwilliger dabeigewesen sei und daß er vielleicht stolz auf mich sein würde.

Es war Alarmstufe I, als wir in Libau ankamen, und wir durften das Lazarett überhaupt nicht verlassen. Von der Front kamen unentwegt Verwundete, provisorisch auf dem Hauptverbandsplatz verbunden, und unsere Aufgabe war es, den Ärzten zu helfen, die Patienten so weit zu versorgen, daß sie zu den rückwärtigen Kriegs- oder Reservelazaretten in der Heimat gebracht werden konnten. Es war rund um die Uhr eine ungeheure Anstrengung. Die anderen Schwestern waren schon länger dabei, kannten den Betrieb, und es war für sie wohl normal. Sie waren zu mir als „Küken" besonders nett. Es ließ sich schaffen, wenn die Erschütterung über so viel Leid auch schwer zu ertragen war.

Anfang Oktober schon war Libau eingeschlossen. Mit Schiffen wurden weitere Patienten verlegt. Das Lazarett blieb da und sorgte wie bisher. Die jüngsten Schwestern aber mußten die Stadt verlassen. Ich gehörte zu ihnen.

Ein endlos langer Lazarettzug sollte versuchen, noch nach Süden durchzukommen. Jede Schwester hatte mit ein paar Sanitätern die Verwundeten in den Waggons zu betreuen und zu versorgen.

Wir fuhren und fuhren, aber man war abgelenkt durch die Arbeit. Nachts hatten wir starken Beschuß, und wir lagen betend auf dem Boden. Selbst da war es erträglich, weil man nicht allein war und dazu Verantwortung hatte. – Der Lokführer brachte uns gut durch.

In Insterburg sollten wir uns wieder ein paar Tage erholen, und mit einem anderen „Haufen" wurde ich nach Gumbinnen versetzt, nur ca. sechzig Kilometer von Lonschken entfernt. Mit Entsetzen denke ich an diese Wochen! Die Front war schon dicht bei Gumbinnen, man hörte das Grummeln der Geschütze ganz nah, die Trecks zogen auf der Flucht vor den Russen durch die Stadt, man erzählte grausame Dinge.

Wir hatten im Lazarett so viel Arbeit, daß die Angst, auch um Lonschken und die eigene Familie, verdrängt wurde. Dann aber wurde das Lazarett zurückverlegt, und das Schlimmste war, daß die Nichttransportfähigen dagelassen werden mußten. Keine Schwester durfte bei ihnen bleiben, niemand, der ihnen noch hätte beistehen können! Ich wurde und wurde den Gedanken an diese Jungen nicht mehr los.

Die Russen wurden dann nochmal zurückgedrängt, aber unsere Einheit war zu dem Zeitpunkt schon in Königsberg.–

Wir wurden umgeschult für einen Armeesanitätspark und kamen nach Lodz, Litzmannstadt. Das Wintersemester mußte schon angefangen haben, aber ich war nicht mehr dabei. Keine Gelegenheit, irgendwo auszubrechen, keine Aussicht mehr auf sonnige Danziger Sommer! Dazu die Angst um Muttchen, Rosemie und Lonschken. – Im Januar sind sie dann geflohen. Rosemie hat ein Fluchttagebuch geführt. Ich, die ich in Klycken kein Hähnchen schlachten mochte, muß heute noch heulen, wenn ich denke, was Muttchen an Lebendigem hat zurücklassen müssen. Wie ist sie nur damit fertiggeworden, dazu noch allein, ohne den Vater? Im Juni habe ich sie in Lübeck bei Verwandten wiedergefunden. Unsere einst so stattliche Mutter wog kaum noch einen Zentner und blieb seitdem ein „Mütterchen".

Damals in Lodz erlebte ich den ersten großen Luftangriff. Meine Zimmergenossinnen aus dem dritten Stock rannten voller Angst einfach los zum nächsten Bunker. Ich war als einzige schon im Bett gewesen, und als ich nach meinen Kleidern griff, hörte ich neben uns das Geschrei der eingeschlossenen IMI's (italienische Militär-Internierte), die sonst mit uns arbeiteten. Da mußte ich erst den Schlüssel von unten holen!! Es krachte überall, eisige Luft strömte durch die geborstenen Fensterscheiben, und ich war allein, mit Todesangst. Aber Gumbinnen war nicht vergessen, wird es nie sein!

Ich fand den Schlüssel, schrie um Hilfe, ein Wachmann entriß ihn mir, stürmte nach oben und ließ die IMI's raus.

Ich jagte zum Bunker. Eine Freundin entschuldigte sich, daß sie mich im Stich gelassen hätte. Nur zu gut konnte ich sie verstehen, war ich doch selbst in Panik gewesen.

Am 18. Januar mußten wir Lodz bei Nacht verlassen, weil die Russen kamen. Es ging uns gut, gemessen an denen, die sich bei Schnee und Kälte zu Fuß aufmachen mußten, um ihr Leben zu retten. Unsere Einheit hatte noch Fahrzeuge, und wenn wir auch oft mit dem Holzgaser Malheur hatten oder in den Trecks auf verstopften Straßen festsaßen, wir kamen langsam westwärts und konnten zusammenrücken zum Wärmen auf dem offenen Planwagen.

Über Kalisch, Krotoschin, Lissa, Glogau setzten wir uns ab in Richtung Berlin. In Sagan übernachteten wir in einem Hilfslazarett, und ich traf einen Fliegersoldaten , der einen Rauhhaardackel an sich drückte, das Maskottchen. Er hatte Befehl, sich zu einer anderen Einheit durchzuschlagen und konnte den Dackel nicht mitnehmen. Mit Tränen in den Augen sagte er, er müsse den Kleinen nun erschießen. Freundlich wedelnd und ahnungslos saß der auf seinem Arm. Spontan, völlig unüberlegt bat ich, ihn mir zu schenken, ich würde schon sehen, wie ich ihn durchbrächte! So kam „Tululu" von der Luftwaffe zum Armee-Sanitätspark. Die Schwestern waren anfangs entgeistert. Es war auf der Flucht alles sehr primitiv, wir schliefen im Stroh in der Glogauer Kegelbahn oder in Turnhallen. Und nun noch ein Hund?!

Meine Freundin Marlies aus Kempten hielt zu mir. Tululu blieb bei uns. Wenn bei Fußmärschen seine Pfoten vereisten, setzte ich ihn auf meinen einzigen Koffer, und den zog ich wie einen Schlitten. Fuhren wir wieder ein Stück, knöpfte ich das Hundchen in meinen reichseigenen DRK-Mantel. Gnädig gab ich ihn an andere Schwestern zum Wärmen weiter. Nachts war es mit ihm im Stroh tröstend, gemütlich warm und ein bißchen wie Lonschken. –

Im Februar erreichten wir über Cottbus, Brandenburg einen Truppenübungsplatz bei Berlin. Dort wurden wir ein letztes Mal eingesetzt. Diesmal füllten wir die Bestände an Verbandsmaterial und Medikamenten der Sanitätseinheiten auf. Tululu war inzwischen unser Maskottchen! Auf diesem Übungsplatz habe ich einen schrecklichen Luftangriff auf Berlin erlebt. Es gab Alarm, und zur Deckung riß mich ein Soldat unter seinen Panzer. Überall neben uns unter Panzern verkrochen sich Schwestern und Soldaten, angeblich absolut gesichert. Ich lag bäuchlings neben einem sehr jungen Mann, der mir die ganze Zeit übers Haar strich. Am klarblauen Winterhimmel sahen wir die Flugzeuge in Reihen anfliegen. Man konnte fast nicht glauben, daß die in kurzen Abständen fallenden Gegenstände Bomben sein sollten. Dann ging das Krachen los und ein furchtbarer Druck, und ich sah durch Rauch und Flammen, daß Schwester Eva unterm Panzer vorkroch und in Panik einfach losrannte. Ich hatte solche Platzangst unter dem riesigen Stahlklotz, daß ich ihr am liebsten nachgelaufen wäre. Aber der Soldat hielt mich zurück, sprach Beruhigendes und hatte den Arm um meine Schultern gelegt. Endlich, endlich war der Angriff vorbei. Jemand hatte Eva aufgegriffen und verbunden. Sie hatte Brandverletzungen an den Beinen. – Ich rannte zur Unterkunftsbaracke, die brannte. Unter meinem Bett, ganz hinten, den Kopf in die Ecke gepreßt, der Tululu! Er hatte einen Schock, war aber unverletzt. Die Angst behielt er. Viel später mußten wir noch darauf achten, Türen leise zu schließen, sonst verkroch sich Tululu in wilder Panik, und man mußte ihn suchen.

An Tagen, an denen Kämpfe oder Luftangriffe stattfanden, kriegten wir „1/10" zugeteilt. Das war klarer Schnaps, den manche kurz kippten, andere in Süßbier rührten. Ich machte mir nichts draus, konnte auch nichts Belebendes oder Tröstliches drin finden. Einer der Apotheker tauschte meine Zuteilung öfters gegen etwas Lebertran, den reinen, gelben, in dem wir uns Pellkartoffeln brieten, die etwas fischig schmeckten. Aber die Verpflegung war schon knapp, und man war nicht mehr so wählerisch.

Dann ging es wieder weiter, diesmal nordwestlich. Es war März und wurde schon wärmer. Eine kurze Zeit blieben wir in Parchim/Mecklenburg in einem ehemaligen Müttererholungsheim. Es war Leberblümchenzeit! Wo waren die Lonschker? Wir hatten eine Adresse vereinbart, wo wir uns nach dem Krieg treffen wollten, in Lübeck beim Zuckeronkel Dohse. Seine Frau war eine Cousine unseres Vaters, und die Lübecker Verwandten waren schon mal in Lonschken gewesen.

Aber jetzt lebte man nur von einem Tag zum anderen. Von Ursel war Weihnachten Post gekommen aus einem Lazarett in Bad Kreuznach. Ich aber hatte eine Feldpostnummer und Verbot, den Standort anzugeben. Daß ich im Herbst in Gumbinnen gewesen war, hatte nur Muttchen gewußt, die ich heimlich angerufen hatte.

In diesen furchtbaren Wochen der Unklarheit war unter uns Schwestern ein großes Zusammengehörigkeitsgefühl. In Parchim war Vorfrühling, und ich verlieh Tululu an die anderen Mädchen. Jeder schmückte sich gern mit ihm. Marlies ließ mich auf ihrem Schifferklavier üben, und da ich ein wenig Klavier spielen konnte, begriff ich es einigermaßen schnell. Sie strickte mir eine Badehose aus Aufgerebbeltem, ich machte auf dem Akkordeon so schlecht Musik wie zu Hause auf der Quetschkommode. Aber alle waren zufrieden, und wir sangen, sangen, sangen.

Zurückblickend waren die letzten Kriegswochen für uns nicht mehr so schlimm. Wie alle um uns her drängten wir westlich, um den Russen zu entkommen. Gerade da hätte es mich noch fast erwischt, als ein russischer Tiefflieger Marlies und mich beschoß. Wir gingen auf einer Wiese spazieren, als wir das Flugzeug anfliegen sahen. Daß es ein russisches war, hatten wir gar nicht begriffen, als die Einschläge schon neben uns spritzten. Wir warfen uns hin, und ein neuer Anflug lohnte wohl nicht, oder man dachte, man hätte schon getroffen.

Irgendwann erreichten wir ein Dorf in der Heide, und da sollten wir endgültig bleiben, um die Engländer zu erwarten. Wir hatten es so viel leichter als die vielen zivilen Flüchtlinge, weil unsere Sanitätseinheit oder was von ihr noch da war, weiter bestand. So kriegten wir Verpflegung und schliefen in einem Gemeindesaal. Man sorgte für uns, und wer konnte das damals von sich sagen?

Am Abend des 7. Mai hatte ich mit einem unserer Apotheker, mit dem ich mich gut verstand, junge Füchse vor ihrem Bau am nahen Wald beobachtet. Es war dort friedlich, in milder Luft und Abendsonne. Krieg schien es gar nicht mehr zu geben. Als wir ins Dorf zurückkehrten, fuhren die ersten Engländer ein. Wir standen im Moment wie versteinert. Oft hatte man sich die Besetzung vorzustellen versucht.

Außer dem SanPark war kein Militär im Ort. Wir kriegten einen Posten vor die Unterkunft gesetzt. Am nächsten Morgen kamen wir geschlossen in ein Lager, das bei Rickensdorf auf einer Wiese in Eile entstanden war. Man trennte uns von den Männern, die im Freien kampierten und schloß uns in einem Raum ein. Morgens erschien ein Posten, der uns zehn zur Latrine bringen sollte, einem schnell gezimmerten „Donnerbalken", beachtlich lang, für ca. fünfzehn Personen nebeneinander. Wir sollten uns beeilen, die nächsten fünfzehn Männer standen schon an. Hierbei fiel Tululu zum erstenmal auf, den ich bislang in Mantel oder Bluse verborgen hatte. Man nahm ihn mir weg.

Ich war todunglücklich, alle Schwestern standen um mich. Es war wie eine Demonstration, man konnte uns nur schwer wieder einsperren. Der englische Posten ließ sich erweichen und brachte mich zu einem Offizier. Da saß Tululu, und man weiß wie sich solch Schudelchen freut, wenn es einen wiedersieht. Wir knuddelten uns auf dem Fußboden. Verheult war ich, und dem Hundecharme konnte der Engländer nicht widerstehen. Ich durfte Tululu behalten! So dankbar war ich, daß ich sogar den allgemeinen Rüffel am nächsten Tag gut einstecken konnte. Eine von uns hatte außerhalb des „Sammeltransportes" zur Latrine gemußt, und ein mürrischer Posten schrie uns deswegen alle an und sagte, wir sollten das nicht zur Gewohnheit werden lassen!

Dann teilte man uns zum Kartoffelschälen ein, und mittags mußten wir eine Stunde auf der Wiese herumwandern. Das war sehr angenehm, denn da trafen wir die Leute von unserer Einheit, in einer inzwischen groß gewordenen Menge von deutschen Gefangenen.

Wir Mädchen paßten nicht in dieses Sammellager, und so schob man uns ab, in eine Kaserne in Hamburg-Rahlstedt. Da lagen wir z.b.V. und warteten, „zur besonderen Verwendung". Wer wollte, konnte auch entlassen werden, aber das wollte von uns niemand, denn wo sollten wir hin? Wir warteten einige Tage, ohne daß uns jemand angefordert hätte. So bat ich um ein paar freie Tage, weil ich nach Lübeck zum Zuckeronkel gehen wollte. Ob er vielleicht etwas von den Lonschkern gehört hatte? Irgendwo saß eine Hoffnung.

Marlies kam mit und Tululu, und wir wanderten bei schönstem Maiwetter eineinhalb Tage von Hamburg nach Lübeck. Ein Stückchen nahm uns mal ein Milchwagen mit, dann vor Oldesloe ein Pferdefuhrwerk. Wir kamen gut vorwärts, aber ich hatte ein beklemmendes Gefühl je näher wir Lübeck kamen.

Als wir dann die Wakenitzstraße erreichten, war die Spannung kaum zu ertragen. Wir klingelten – staubig und heiß standen wir da und kamen uns fehl am Platz vor. Alles war so elegant, schien unberührt von Krieg und Durcheinander. Als ich mich aber vorstellte und nach Muttchen fragte, schlug uns eine Welle von Güte und Verständnis entgegen. – Die Lonschker waren da! –

Onkel Paul hatte die verbliebenen Menschen und restlichen Pferde auf einem Stadtgut in Niendorf untergebracht. Wir durften baden und uns menschlich machen, und dann fuhr uns Onkel Paul nach Niendorf. Muttchen, Rosemie!! Mir fehlen die Worte, um das Wiedersehen mit diesen beiden zu beschreiben. Wir trafen uns an fremden Ort, so viel Schreckliches war in den vergangenen Monaten geschehen, und vieles würde man erzählen und besprechen müssen! Aber die Freude überwog. Einen Schwager hatte ich noch dazugekriegt. Am 3.5. hatten Rosemie und der holländische Inspektor in Lübeck geheiratet. Die Lonschker Familien waren auf dem Treck getrennt worden, vermißt oder umgekommen. Man wußte es noch nicht von allen. Einige aber waren mit Muttchen in Niendorf, und vierzehn Pferde hatten überlebt.

Rosemie berichtete, daß sie auf Umwegen erfahren hätten, daß das Lazarett, in dem unsere Ursel in Kreuznach arbeitete, beim Rückzug in den Raum Helmstedt verlegt werden solle. Ich bettelte so lange, bis Muttchen einwilligte, daß ich nach Helmstedt wandere, sie zu suchen. – Zuerst aber mußten Marlies und ich nach Hamburg zurück, wo wir Erkennungsmarken und Soldbücher abgaben und von der Wehrmacht entlassen wurden. Die DRK-Tracht durften wir behalten, weil wir nichts Ziviles mehr anzuziehen besaßen. Traurig für uns, daß ausgerechnet in diesen Tagen die acht ZbV Schwestern abkommandiert worden waren. Wir konnten uns nichtmal mehr verabschieden, erfuhren nur, daß sie nach Bergen-Belsen gekommen seien zur Pflege der ehemaligen KZ-Häftlinge. Im Herbst habe ich sie dort besucht und ein paar Tage ausgeholfen, weil Eva schon krank war! Sie hatte Tuberkulose gekriegt. Ich war in zweifacher Hinsicht von Bergen-Belsen entsetzt – einmal über die Verbrechen, die von uns Deutschen begangen worden waren, zum anderen über die Umstände, unter denen die Schwestern dort arbeiten und leben mußten, von Haß umgeben. Sie durften keine Hauben tragen, die Kranken spuckten ohne Vorsicht überall hin, waren unverschämt, beschimpften und bespieen die Mädchen und ließen ihren aufgestauten Zorn an denen aus, die am wenigsten dafür gekonnt und selbst Schweres mitgemacht hatten.

Jetzt aber war es Sommer, und wir wanderten nach Helmstedt. Marlies war wieder dabei. Sie wollte dann weiter nach Kempten. Das Schifferklavier schenkte sie mir, es blieb erstmal in Hamburg. Die Elbe war zu der Zeit nur mit einem Passierschein zu überqueren. Wir hatten keinen und saßen lange in Bergedorf bei der Fähre, überlegend wie wir das nur schaffen sollten. Ein paar Verwundete in unserer Nähe hatten das gleiche Problem; sie waren südlich des Flusses zu Hause und nun auf der falschen Seite. Wir taten uns zusammen und waren ein erbärmlicher Haufen, als wir zur Fähre schwankten. Unsere Schwesterntracht tat ein Übriges, und schließlich schob uns ein menschenfreundlicher Engländer einfach zwischen die Leute mit Passierscheinen. Wir kamen rüber! Auf der südlichen Seite trennten wir uns von den Landsern, die nun wieder gut zu Fuß waren, kaum, daß wir außer Sichtweite.

Ich weiß nicht mehr, wieviele Tage wir gewandert sind. Wir übernachteten in Scheunen und hatten wieder Mitfahrgelegenheiten auf Milchwagen. Es war schön! Kein Krieg mehr, die Lonschker in Niendorf dachten an uns, Hoffnung auf Ursel wanderte mit, und Marlies freute sich auf ihre Familie in Kempten.

Ursel war tatsächlich in Helmstedt! Ihre übereifrige Oberschwester konnte nur wenig unsere Wiedersehensfreude dämpfen, als sie uns im Waschraum der Kaserne entdeckte. Wir wollten uns gesäubert bei ihr vorstellen, aber sie hätte die Meldung vorher haben wollen und schimpfte laut drauf los. Uns kam das in diesem Moment völlig unwichtig und auch kleinlich vor, und so brachen wir am gleichen Tag zum Rückweg auf. Schweren Herzens trennte ich mich von Marlies, die allein nach Süden marschierte.

Zurück nach Lübeck ging alles viel schneller.

In Celle trafen wir einen beimamputierten Soldaten, der von den ungewohnten Krücken, Blasen an den Händen hatte. Er wollte nach Hamburg und war schon recht verzweifelt. Wir gingen nun gemeinsam weiter und hatten das unerhörte Glück, daß ein englischer Armeelaster anhielt. Dem Fahrer sagten wir, daß wir den Auftrag hätten, den Verwundeten nach Hamburg zu bringen. Die Schwesterntracht mag Wunder gewirkt haben. Er nahm uns mit. Vor dem gefürchteten Elbübergang hielt er an, aber nur, um uns persönlich unter einer Plane zu verstecken, bevor er grüßend die offizielle Brücke passierte. Nie haben wir die großherzige Hilfsbereitschaft dieses Mannes vergessen!

Muttchen war überglücklich, die drei Töchter nun lebend um sich zu haben. Im Sommer blieben wir noch in Niendorf. Meine Schwestern und ich arbeiteten auf den Feldern mit, weil wir dort wohnen und die Pferde einstellen durften. Es waren Erdbeeren und Erbsen in Mengen zu pflücken, Raps wurde gehauen, und wir mußten ihn wenden, beim Gerstebinden zerstach man sich die Finger an den Disteln wie zwei Jahre zuvor beim RAD. Allabendlich bekamen wir jeder zwei Liter Milch als Deputat.

Eines Tages machte sich mein Schwager auf gen Westen, um in seinem Heimatgebiet zu probieren, uns alle unterzubringen. Es gab damals noch keinerlei Postverbindung. Er war lange unterwegs. Viel später konnte ich erst ermessen wie schwer es für ihn gewesen sein muß, im Aachener Raum Quartier für uns zu besorgen. Er brachte die letzten Lonschker mit, keine kraftstrotzenden Arbeiter, sondern einen armseligen Haufen mit geringen Habseligkeiten und stark mitgenommenen Pferden.

Als mein Schwager zurückkam mit der Kunde, daß er für alle eine Bleibe und Unterkunft in Aussicht hätte, rüsteten wir den Treck zur Weiterfahrt. Erneut stand eine große Reise bevor. Die Umstände aber waren völlig andere; keine Kriegsbedrohung, keine Kälte, die Pferde ausgeruhter. Immer weiter entfernten wir uns von Lonschken, aber wir zwangen uns dazu, das nur als Übergang zu sehen, vor späterer Heimkehr. Im ersten Weltkrieg waren ja auch die Russen in Lonschken gewesen. Eine Wand vor der Vorratskammer zeugte mit fremden Schriftzeichen davon. Sie blieb zur Erinnerung untapeziert, als man wieder hatte zurückkehren können.

Außer Schwager Alfons und dem Kämmerer waren wir nun noch dreizehn Frauen, Mädchen und Kinder, zwei größere Jungen darunter, die ihre Eltern verloren hatten. Ursel und ich fuhren die Spinne, Tululu war dabei. Abwechselnd führten wir den geschwächten Braunen am Kopf, um ihn zu schonen. Die Sonne meinte es gut. Als die Männer in Hamburg Futterbezugsscheine für die Pferde besorgten und wir beim Warten Durst kriegten, baten Ursel und ich an einer Haustür um etwas Wasser. Eine Dame reichte uns das Glas und meinte: „Oh, Sie sprechen ja fabelhaft Deutsch!" Sie hatte uns für Zigeuner gehalten. Wir waren sehr braungebrannt und nicht gerade nach neuester Mode gekleidet. Über diese Verwechslung konnte man damals aber herzlich lachen. Es war nicht weiter peinlich, weil man sich unschuldig fühlte am Zeitgeschehen.

Der Sommertreck war fast gemütlich zu nennen. Früh morgens rief der Kämmerer: „Fahrer aufstehen!" Dann krochen wir unter

Heu und Decken hervor, fütterten und striegelten die Pferde, frühstückten, räumten den Nachtplatz auf und fuhren weiter. Besonders schön fand ich es an der Weser im Raum Nienburg. Wir hatten Zeit zum Baden und haben es genossen. Niemand drängte zur Weiterfahrt. Gegen Abend fragten wir dann irgendwo, ob wir über Nacht die Pferde weiden lassen dürften und selbst in Speicher oder Scheune schlafen könnten. Es hat immer geklappt.

Als wir schon am Rhein waren, gab es Schwierigkeiten, weil die Pferde nicht zu bewegen waren, die schwimmende Ponton-Behelfsbrücke zu betreten. Alfons und der Kämmerer, der ein guter Pferdemann war versuchten mehrfach, die Reihenfolge der Wagen zu wechseln. Aber kein Gespann wollte als erstes auf die schwankenden Bretter auf dem mächtigen Wasser. Wie gerne waren sie doch alle zur Schwemme in der Ilme geritten worden!

Es hat dann doch geklappt, war aber furchtbar aufregend, nicht nur für die Pferde. Wir waren nun linksrheinisch.

Als wir nach Gut Hohenbusch kamen, wo Alfons Eleve gewesen war, durfte ein Teil der Lonschker gleich dableiben. Wie dankbar waren alle!

Wir sind dann in Aachen bei Alfons' jüngerem Bruder untergekommen. Er und seine Frau bewirtschafteten einen Hof auf dem Haarberg. Eine steile steinige Straße führte zum Haus und den Ställen, und als anfangs durch Bomben die Wasserleitung kaputt war, schleppten wir das Wasser für die Pferde auf diesem Weg hinauf. Überall waren Bombentrichter, und unsere „Juno", ein Kutschpferd gewesen, brach sich ein Bein und mußte getötet werden. Obwohl eine Hungerzeit war, konnte keiner von uns von diesem Pferdefleisch essen.

Als jedoch eine Kuh von Alfons' Bruder auf der Wiese auf eine Mine trat, liefen von weither Leute mit Taschen herbei, um ein Stück Fleisch zu ergattern. – Sie werden bei „Juno" wohl auch gelaufen sein!

Wir überlegten, ob wir mit den Tieren eine Arbeit verrichten könnten, die uns ernährte. Zum Trümmerräumen waren unsere Wagen aber völlig ungeeignet, und die Aachener konnten mit ihren schweren Kaltblutpferden solche Arbeit besser schaffen. An ein

Fuhrunternehmen dachte unser Schwager wohl auch; vor allem versuchte er, eine Pachtung zu kriegen, die er hätte bewirtschaften können.

Muttchen und Rosemie führten den Haushalt, Ursel und ich versuchten, Arbeit zu finden. Aachen, als katholische Stadt, hatte in den Krankenhäusern Nonnen als Schwestern. Man brauchte uns nicht. Am 13. August waren wir angekommen.

Anfang September traf ich eine DRK-Schwester mit Rucksack, in der grauen Feldlazarettuniform, die mir so vertraut war, etwas abgerissen aussehend, in der Stadt. Beim Gespräch erfuhr ich, daß sie seit mehreren Wochen unterwegs war, um Kriegsgefangenenpost auszuteilen. Es gab zu dem Zeitpunkt immer noch keine Postverbindungen. So war sie in ein Gefangenenlager gegangen, hatte Briefe gesammelt und trug sie nun aus.

Diese Idee beschäftigte mich derart, daß ich kaum noch schlafen konnte. Mit Ursel suchte ich eine DRK-Stelle in Aachen auf, lernte dort eine liebenswerte Dame kennen, die später unsere Chefin werden sollte. Sie war von meinem Bericht so begeistert, daß sie mir eine Art „Auftrag" erteilte, Gefangenenlager wegen Post zu besuchen. Unser armes Muttchen wurde wieder bestürmt, mich ziehen zu lassen. Sie tat es nicht gerne, denn es waren unruhige, wirre Zeiten. Ursel blieb bei ihr und wollte sich weiter für uns um Arbeit bemühen.

Es fuhren schon einige Züge, und so machte ich mich auf nach Düsseldorf-Wickrathberg, wo ein großes britisches Lager mit deutschen Gefangenen war. In der DRK-Tracht und mit Frau Erasmus' Brief war es nicht schwer, bis zum Kommandanten vorzudringen. Ein Dolmetscher erklärte ihm mein Vorhaben. Der „Posteinfall" überraschte ihn sichtlich, aber er fand ihn wohl gut und brauchbar. Er veranlaßte, daß die Gefangenen, die nach Hause schreiben wollten, es gleich abends taten. Am nächsten Morgen holte ich die Post ab. Es waren so viel Briefe und als Umschlag gefaltete Zettel, daß ich zu meinem Rucksack noch den Wäschebeutel füllen mußte. Ich durfte sogar ein paar Stunden im Lager bleiben, um zu sortieren. Zuerst wollte ich nach Lübeck hoch, um mit Zuckeronkels Familie die holsteinische Tour zu bereden und dann mir von Nord nach Süd eine Reiseroute zusammenstellen. Es klingt heute so einfach, weil man an Autobahnen, Schnellzüge, Autos denkt. Damals war es eine langwierige Angelegenheit, ich fuhr vor allem mit Güterzügen, nicht immer bequem. Der gute Onkel Dohse in Lübeck nahm mir nicht nur Holstein ab, sondern er hatte auch eine Möglichkeit aufgetan, jemandem Briefe in Richtung Mecklenburg mitzugeben.

So startete ich sehr erleichtert und dankbar meine Nord-Süd-Reise. Einige Wochen war ich unterwegs. Manche Angehörige der Briefschreiber fand ich nicht, weil sie ausgebombt oder evakuiert waren. Aber an vielen Orten wurde ich meine Post los und mit großer Freude aufgenommen. Für die meisten Angehörigen war es die erste Nachricht. Ich entsinne mich, daß ich in Würzburg die Arndtstraße 8 suchte, in einem völlig zerbombten Gebiet. Jemand zeigte mir mit bedauerndem Blick die Richtung zur Arndtstraße. Alles war flach. Ein Haus aber stand ganz allein, und es war Nummer 8! Die Eltern des Jungen aus Wickrathberg hatten noch nichts von ihm gewußt. Sie waren voller Glück, ich auch. In seinem Zimmer habe ich köstlich geschlafen. Die Eltern hätten mich am liebsten ein paar Tage dabehalten und stopften mir vor der Weiterfahrt viel Eßbares zu, auch etwas Geld für unterwegs. Während der Reisewochen war ich in glücklicher Stimmung, wenn auch die Nächte auf den überfüllten Bahnhöfen kalt, hart und scheußlich waren. Oft wurde ich aber auch von Angehörigen zur Nacht eingeladen. Vom Münchner Raum aus fuhr ich in Richtung Kempten, zu Marlies.

Sie war im Frühjahr nach vielen Stationen und Erlebnissen heil zu Hause angekommen. Die „Postidee" fand sie beachtlich und wollte gleich mitmachen. So fuhren wir noch eine Zeit gemeinsam.

Muttchen war sehr froh, als ich heil wieder einrückte. Die Briefe, die ich nicht hatte abgeben können, brachte ich in Aachen zum DRK. Es gab da eine Vermißtensuchstelle, wo Frau Erasmus Ursel und mich einsetzte. Wir waren wohl ein bißchen „ihre Lieblinge". Mich hat sie 1946 noch zweimal mit der Rückführung von Aachener Kindern, die evakuiert waren, beauftragt. Einmal mußte ich aus Oberstdorf einen zweijährigen süßen Bengel abholen, der nur das bayerische „Na" (nein) beherrschte und „Mama". Als ich den Leuten im Zug erklären wollte, daß ich die Mutter nicht sei, meinte einer:

„Aber Schwester, warum wollen Sie den denn verleugnen, der ist doch so prima". – Das zweite Kind damals sollte ich aus Quedlinburg zurückholen, und dazu mußte ich „schwarz" bei Marienborn in die russische Zone rüber. Es war ziemlich aufregend, aber es lockte mich sehr. Es fand sich ein „Führer", der mich bei Nacht durch den Wald bringen wollte, der sich auskannte und wußte, wann die Russen patroullierten. Es war ein junger Mann von „drüben", der öfter pendelte. Er hatte eine Heuharke dabei, und als wir dann (ich mit schrecklichen Ängsten) tatsächlich heil im russischen Teil ankamen, hakte er mich unter, schulterte die Harke, und es sah wohl so aus, als gingen wir zu früher Stunde ins Heu. In Quedlinburg kriegten das acht Monate alte Baby und ich offizielle Papiere, und wir fuhren über die Grenzstelle Friedland zurück. Das Kinderheim hatte nur zwei Mullwindeln mitgeben können, und die Fahrt dauerte viele Stunden. So hing von Quedlinburg bis Friedland eine nasse Windel im Fahrtwind des Zuges, außen am Türdrücker angeknotet.

Anfang 1946 kriegte mein Schwager die Verwalterstelle auf Gut Schurzelt. Wir verließen mit viel Dank den Haarberg und zogen alle um. Welch große Belastung es für die junge Ehe von Rosemie und Alfons gewesen sein muß, ständig Muttchen und zwei unverheiratete Schwestern im Gefolge zu haben, ist mir auch erst später bewußt geworden. Damals dachten wir nicht darüber nach. Wir gehörten noch zusammen, alle Lonschker, mit Mann, Roß und Wagen.

Tululu war im Dezember von einem der noch wenigen Autos in Aachen überfahren worden. Wir waren sehr traurig. Er hatte mir oft in schweren Zeiten Wärme und Trost gegeben wie ich ihm, und wir waren wichtig füreinander gewesen. –

Im Februar war die Sensation, daß wir Tanten wurden. Rosemie kriegte Renate! Während des Haarberg-Winters hatten wir Babyjäckchen aus aufgerebbelten Zuckersäcken für sie gestrickt, kratzig und hart. Man wickelte sie in Lonschker Servietten, die in einem Koffer die Flucht überstanden hatten. Muttchen war glücklich über das erste Enkelkind. Alfons schaffte zwei Milchschafe an, Nathanael und Maximilian, obwohl weiblichen Geschlechts. Er lehrte uns, sie zu melken, da die Zitzen seitlich vom Euter abstanden, im Zweifingersystem. Muttchen und Rosemie erzeugten Schafsbutter. Ursel und ich arbeiteten beim DRK. Alfons wirtschaftete auf Schurzelt und machte einen Lehrgang als Schmandlecker mit. Renate gedieh. Es ging uns besser!

Nur die armen Pferde kriegten Räude und sahen auf der Weide schrecklich kahl und elend aus. Es war allmählich klar, daß, falls wir wieder nach Lonschken zurückkönnten, wir andere Pferde würden nehmen müssen.

In Schurzelt gab es einen Hühnerstall, und als er schon bevölkert war und man auf größeren Eiersegen hoffte, brachen Diebe ein und schlachteten im Stall fast alle Tiere. Es war ein Rückschlag. Andere Mißerfolge gab es auch. Im Sommer hatten Ursel und ich für Schurzelt einen Arbeiter mitgebracht, den wir beim DRK kennengelernt hatten und der in der Ernte helfen wollte. Er wohnte mit bei uns, war fleißig, willig, nett. Wir waren stolz darauf, ihn entdeckt zu haben, denn Arbeitskräfte waren knapp. Eines Tages schickte Alfons ihn mit einem Wagen voller Getreide zur Mühle. Mehl sollte er zurückbringen. Wir warteten vergebens. Er ward nie mehr gesehen und hatte das Mehl sicher auf dem Schwarzmarkt durchgebracht.

Die Vermißtensuchstelle, bei der wir arbeiteten, war täglich überfüllt. Wehrmachtsangehörige, Ausgebombte, Flüchtlinge wurden gesucht. Wir legten für jeden eine Karteikarte an und gaben bei Nachfragen danach Auskunft. Später gab es in Großstädten zentrale Suchstellen, wo alle Meldungen hingeschickt wurden.

Aus langer Schlange kam in ostpreußischem Tonfall eine Frage nach „Ernst Corsepius". Ich schrieb die Karteikarte. „Sind Sie auch aus Ostpreußen, Schwester?" „Ja, aus Lonschken, Kreis Gerdauen, Schule Insterburg". – Mit dem Sohn von unserem Direx war er befreundet, der da fragte. Welch ein Zufall!! Karteikarte bitte, und die Adressen tauschten wir in Eile. Eberhard II kam in mein Leben.

Der nächste bitte! Karteikarte!

Einige Zeit später kam wieder ein Suchender.

Karteikarte: Lilienthal. „Ach, wie der Dichter?" „Aber nein, der hieß Liliencron!"

Bald darauf kriegte ich ein Bändchen Liliencron-Gedichte, und Eberhard III trat auf den Plan.

Er studierte in Aachen und brauchte ein Zimmer. So zog er nach Schurzelt und blieb mir ein Freund fürs ganze Leben.

Daß er aus Allenstein stammte, war unüberhörbar und wurde von uns als ebenso angenehm empfunden wie die vielen Lonschker Bildchen, die er nach alten Fotos malte oder zeichnete, um uns Weihnachten und Geburtstage zu verschönen.

Als ich vom DRK aus im Aachener Franziskanerkloster Nachtwache bei einer mir nahestehenden alten Dame hatte, die im Sterben lag, schob Eberhard III. mir zu diesem traurigen Dienst, ohne viel Worte, sein „Eisernes Kreuz" in die Schürzentasche. – Es war gut, nicht allein zu sein!

Langsam normalisierte sich alles. Als ich wieder anfing, ans Studium zu denken, stellte sich raus, daß das Pudding-Abi in der britischen Zone nicht anerkannt wurde. So fuhr ich nach Berlin zu „Brüderchen" aus Danziger Zeiten. Er studierte bereits weiter. Auf dem Weg zur Uni erklärte er mir wie ich mich bei der Vorstellung verhalten sollte, nicht erwähnen, daß ich von einem Gut stamme, die Hitlerjugend und Arbeitsdienstzeit besser auch nicht ins Gespräch bringen und noch einiges. Ich war politisch überhaupt nicht orientiert und begriff nichts, war bei der Befragung im Sekretariat entsetzlich unsicher. Man wollte mir wegen der Zulassung Bescheid schicken. – Ich blieb zwei Tage in Berlin bei Brüderchens Eltern. Er war der einzige Sohn, behütet in gepflegtem Haus in Tempelhof aufgewachsen. Alles war so erhalten geblieben. In das Gästezimmer hatte er mir das „Krantor" gehängt. Trotzdem fühlte ich mich auf einmal sehr fremd und kriegte Sehnsucht nach dem Lonschker Haufen. Ich hatte zu viel erlebt seit Danzig, fühlte mich zu der heilen wohlhabenden Umgebung nicht gehörig, war innerlich noch zu aufgewühlt und durcheinander. Mit aller Macht zog es mich zur angeknacksten Familie!

Irgendwann kam die Nachricht, daß ich zum Wintersemester nicht zugelassen werden könne, es aber später nochmal versuchen solle. Das habe ich nicht mehr getan. Mir wurde inzwischen bewußt, daß ich gerne so lebte wie wir in Schurzelt. Die Arbeit beim DRK machte Spaß und war vielseitig. Oft hatten wir Bereitschaftsdienst im Theater. Muttchen sah immer noch alles als Übergang vor der Rückkehr nach Lonschken. Bis dahin waren wir dankbar, daß der Krieg vorbei war, und wir fingen wieder an, zum Schifferklavier zu singen. Im Winter war das Schurzelter Haus sehr kalt, und wir heizten mit Schlamm, einem Gemisch aus Kohlenstaub und Wasser. Es war uns sehr fremd, und Sehnsucht kam auf nach Lonschker Birkenscheiten. Eberhard III. hatte das molligste Zimmer, und so drängten wir ihm gelegentlich das Baby Nate zwecks Erwärmung auf, windelduftend zwar wegen der Servietten, aber sonst allerliebst zu haben.

Eines Tages tauchte Hans Milthaler auf, der Nachbarssohn aus Friedrichsfelde. Ursel kannte ihn bereits aus der Lazarettzeit in Insterburg. Er blieb bis zum Winter als Treckerfahrer in Schurzelt und wurde 1947 Ursels Mann und mein Schwager. – Auch die Wilhelmshöher Tante und Cousine, die wir beim Zuckeronkel in Lübeck getroffen hatten, besuchten uns. Über Dänemark fanden sich die Lonschker Kämmererstöchter ein. Immer wieder gab es einen Grund zur Freude.

Mit Eberhard II. hatte sich eine rege Korrespondenz entwickelt. Wir entdeckten immer mehr Gemeinsamkeiten. Er war in Glautienen, Ostpreußen, geboren und aufgewachsen, auf einem Gut wie ich, war Fahrschüler zum Schülerheim in Pr. Eylau gewesen, und wenn er auch nie so gern geritten war wie wir, so drosch er einen ähnlich vorzüglichen Skat. Einige Jahre älter war er und in seinen Briefen mir schon sehr vertraut. Nur hätte ich ihn gerne mal persönlich gesehen! Im Gedränge der DRK-Stelle und in dienstlicher Eile war mir sein Gesicht völlig entglitten. Auf einem Paßfoto, das er mir schickte, sah er zwar nicht gerade wie mein Traummann aus, aber sehr sympathisch. Also verabredeten wir ein Treffen in Hannover, weil ich vom DRK wegen Kriegsgräberfürsorge zu Haralds Grab an der Aller sollte. Als Erkennungszeichen gab Eberhard II. brieflich an: Regenmantel, blauer Hut mit ehemals weißer Kordel! – Mein Zug war zuerst da, und ich stellte mich hinter einen Pfeiler in der Halle, bereit, falls er mir nun gar nicht gefiele, lieber verborgen zu bleiben.

Es war ein warmer sonniger Septembertag. Viele Reisende trugen morgens Mäntel überm Arm, aber nur einer hatte solch schön geniffelten blauen Hut aus der Vorkriegszeit, mit ehemals weißer Kordel! Nett sah er aus, vertrauenerweckend, und ich verließ den schützenden Pfeiler und ging ihm entgegen.

Er kam aus Wolfsburg, wo er beim DP-Hospital der UNRRA als Arzt arbeitete. Obwohl schon von der Wehrmacht entlassen, war er für einen Freund erneut in englische Gefangenschaft gegangen, weil der nur entlassen werden konnte, wenn er einen Ersatzmann stellte. Eberhard II. war noch arbeitslos, der andere sollte die Praxis des plötzlich verstorbenen Vaters übernehmen. So tauschten sie!

Während Eberhard II. Weißbrotschnitten mit Käse aus englischen und ich Birnen aus Schurzelter Beständen unterm Ernst-August-Denkmal ausbreiteten, verstanden wir uns schon sehr gut. Nachmittags mußte er nach Wolfsburg zurück, und ich fuhr nach Schwarmstedt.

In der Nähe dort sollte Haralds Marineeinheit eingesetzt gewesen sein. Bei herrlichem Sonnenschein wanderte ich durch die Heide. Gegen Abend fand ich den kleinen Heldenfriedhof mit schlichten Steinkreuzen. Der ganze Jammer schlug nochmals über mir zusammen, als ich Haralds Namen las. Er liegt dort mit fünfzig gefallenen Kameraden, kaum einer ist älter als zwanzig Jahre. –

Lonschken mit Harald – Libau-Gumbinnen-Lodz – zwei Jahre war alles erst her!

Als ich am nächsten Tag wieder in Schurzelt eintraf, war es ein bißchen wie „nach Hause kommen". Tante Dadachen aus Trotczin war zu Besuch. Sie war auf der Flucht in Danzig von ihrem Mann getrennt worden und seitdem ganz allein. Wir liebten sie sehr, sprachen von Trotczin und Lonschken, und wie herrlich es immer gewesen sei, wenn Onkel Dada das „Glühwürmchen" auf dem Flügel gespielt hätte.

Im Herbst besuchte mich Eberhard II., dessen Eltern und Schwester mit vier Kindern jetzt in Jülich lebten (während ihr Mann, Ernst Corsepius, noch in Afrika in Gefangenschaft war).

Als ich ihn durch die Trümmer des kaputten Aachens zum Bahnhof brachte, war uns schon klar, daß wir zusammengehörten.

Zu seinem Geburtstag im Januar 1947 fuhr ich nach Wolfsburg. Von Aachen bis Düren saß ich im Zug mit seinem Vater zusammen, der mir (zwecks Besichtigung meiner Person?) entgegengekommen war. Der alte Herr gefiel mir sofort. Die Strecke bis Düren war zu kurz, da wir auf Lonschken, Glautienen und vor allem auf die 10. Dragoner zu sprechen kamen. Eberhards II. Vater war zwar Ulan gewesen, aber eben auch Kavallerist. –

Als er ausstieg sagte er: „Grüßen Sie meinen Sohn, und sagen Sie ihm – nun wird er ja dreißig, also alt genug, nun soll er man keine Dummheiten mehr machen". Und er verabschiedete sich ungemein liebenswürdig. Ich saß überrascht und grübelte bis Hannover über den Sinn seiner Worte. Man konnte es so oder so auslegen, aber ich hatte das Gefühl, ihm gut gefallen zu haben.

Den 1947 noch trostlos wirkenden Wolfsburger Bahnhof, für den sich Eberhard II. bereits brieflich entschuldigt hatte, verhüllte bei meiner Ankunft mildtätiges Dunkel, ebenso das Barackenlager am Schachtweg. – Es hätte auch bei heller Beleuchtung nichts unsere Wiedersehensfreude trüben können!

Im Juni haben wir geheiratet. Schmeichelhaft war es, daß das DRK mit der verehrten Frau Erasmus, Ursel und mich nur ungern ziehen ließ. Das Hochzeitskleid bekam ich als Abschiedsgabe, mit der Auflage, es mit sehr viel Stoffzugabe zuzuschneiden und zu nähen. – Eine Kollegin, die acht Wochen später heiraten wollte und wesentlich größer und breiter war als ich, sollte es aufgetrennt, ausgelassen und wieder genäht, dann auch benutzen dürfen. – Wir suchten also gemeinsam ein Modell aus, das uns gefiel, und hielten es wie gewünscht.

Es gab eine Doppelhochzeit mit Ursel und Hans. Muttchen verkaufte ein Pferd, um das Fest schön ausrichten zu können. Ich besaß inzwischen einen Schließkorb voller Aussteuer, ein paar gerettete Dinge aus Lonschken und Care-Paket-Geschenke vom DRK.

Als ich am Tag vor der Hochzeit mit der „Spinne" ein letztes Mal durch die Trümmer Aachens zum Bahnhof fuhr, um den erinnerungsträchtigen Korb aufzugeben, mußte ich erleben, daß es nur bis Fallersleben möglich war. Einen Ort „Wolfsburg" fanden mehrere

Bahnbeamte nicht und sahen mich skeptisch an. Ich erfuhr erst später, daß man hätte unter „ST" nachsehen müssen, „Stadt des KdF Wagens".

Am Freitag, den 13. Juni 1947, fing unser gemeinsames Leben in Wolfsburg an. Ich war voll freudiger Erwartung. Von nun an würden wir immer zu Zweit sein, keine Entscheidungen ganz allein treffen müssen, jede Verantwortung miteinander teilen können. Wenn meine Mutter, nach der Jugendzeit in Berlin, in glücklicher Ehe so gut hatte in Lonschken Fuß fassen können, würde es mir schon gelingen, mich mit Eberhard II., egal wo, wohlzufühlen. – Nach den Wirren der letzten Jahre war es, als liefe man in einen ruhigen Hafen ein.

Irgendwann, dachte ich, irgendwann in fernen Zeiten würde ich unseren Kindern Lonschken zeigen. Selbst wenn das Gehöft zerstört wäre, die Luft wäre die gleiche, der Wald voller Leberblümchen, danach Flieder-, Jasmin- und Heuduft überall, die Sprosser würden schlagen vor Sehnsucht und Glück und der „Geist vom Splitterberg" mit blauem Lichtchen wandeln wie einst . . .

NACHWORT

Ihr wißt, liebe Kinder, daß Euer Vater und ich nur fünfzehn gemeinsame Jahre hatten. Vielleicht aber kommt es ja gar nicht so auf die Länge der Zeit an. Mir ist es, als wären wir in den schweren Anfangsaufbauzeiten rundum glücklich gewesen.

Du, Wolfram, wurdest geboren – das erste Kind. – Dann die ersten Fahrräder, mit Zuckeronkels Hilfe das erste Zuhause im Amselweg, das erste Motorrad, der erste Seitenwagen für das zweite Kind, der erste Urlaub auf Sylt, für zwei Deutsche Mark pro Bett und Kinder frei, in Rantum.

Es folgte Eures Vaters Kassenzulassung für die Praxis, in Räumen von nur vierundzwanzig Quadratmetern, und in zwölf Quadratmetern kochten und wohnten wir mit Euch und der Katze Aline. – Die Ostsiedlung bestand aus einundfünfzig Häusern, bewohnt von einhundertzwei Familien, und so kamen die ersten Patienten. Wir witterten Morgenluft und bauten die Mansarde aus. 1955 kriegten wir das erste Auto, 1956 das erste Paddelboot.

„Zufriedenheit" war Eurem Vater mit in die Wiege gelegt worden! Es war sehr leicht, mit ihm zu leben.

Wie wir Lonschker Töchter weiland Onkel Harald aus Lötzen vergöttert hatten, so liebten die Corsepiusnichten und seine Schwester Selitta den Onkel Eberhard, und er genoß es.

Meine Mutter starb 1952, und da sie immer noch an die Heimkehr nach Lonschken dachte, ließ sie sich einäschern, damit wir die Urne „gut mitnehmen könnten". Da Lonschken aber im russisch besetzten Gebiet Ostpreußens liegt, war es in den letzten Jahren nur möglich, bis zum Blick auf Nordenburg heranzukommen. – Immerhin habe ich im polnischen Jägerhöh gebadet und etwas Aprikosenähnliches gegessen. –

So nah waren wir an Lonschken, Sybille, aber auch Dir glückte es nicht, den russischen Posten zu becircen, uns mal eben schnell durch den Pentlacker Wald radeln zu lassen!

Nach Eures Vaters plötzlichem Tod habt Ihr mich am Leben erhalten. Ich hatte Euch mindestens so nötig wie Ihr mich. Rückblickend bin ich dankbar, daß Ihr Euch meines Kranken-Taxi-Jobs nie schämtet, sondern viele Freunde mitbrachtet und wir wieder ein fröhliches Haus wurden.

Inzwischen habt Ihr mir nun sieben Enkel beschert, sechs Lorbasse und ein Marjellchen zur Zierde! Ostpreußische Erbfolgen wären für Generationen gesichert gewesen!

Wie hätte man sich in Lonschken gefreut!